温暖是对抗世间
所有的坚硬

张宁

著

文匯出版社

图书在版编目（CIP）数据

温暖是对抗世间所有的坚硬 / 张宁著 . -- 上海：
文汇出版社，2017.1
ISBN 978-7-5496-1911-5

Ⅰ.①温… Ⅱ.①张… Ⅲ.①散文集－中国－当代
Ⅳ.① I267

中国版本图书馆 CIP 数据核字（2016）第 269761 号

温暖是对抗世间所有的坚硬

出 版 人 / 桂国强
作　　者 / 张　宁
责任编辑 / 乐渭琦
封面装帧 / 姚姚设计工作室

出版发行 / 文匯出版社
　　　　　上海市威海路 755 号
　　　　　（邮政编码 200041）
经　　销 / 全国新华书店
印刷装订 / 三河市京兰印务有限公司
版　　次 / 2017 年 1 月第 1 版
印　　次 / 2017 年 1 月第 1 次印刷
开　　本 / 710×1000　1/16
字　　数 / 186 千字
印　　张 / 14

ISBN 978-7-5496-1911-5
定　价：36.80 元

目录

第十三章
**我活着，
以自己的方式
美丽着**

我 想 给 你 一 点 柔 软 ， 一 点 温 暖 。
或 许 这 温 暖 ， 会 让 你 更 有 力 量 。

你心柔软，
却有力量

你最爱什么季节？

是寒风凛冽的冬天？

是热汗淋漓的夏天？

还是舒适宜人的春秋二季？

人类天生有着趋利避害的本能，当和煦的春风吹拂我们的脸庞，铁石心肠也会偷偷摇曳起来。

这既不炽热又不寒冷，既不黏腻又不冷漠，既能宅在家里读一本书，又能随时出发去旅行的恰到好处的氛围，就是温暖。

这种温暖是内心光明的人才有的生活智慧。它让人落落大方，宠辱不惊，不妥协，不骄傲，不悲切，不自怜，如同一株挂满露水的花草，在安静中，不慌不忙地刚强。它让人在这个有杀伤力的世界，放下胸中芥蒂，与万物真诚相待，以勇气和爱浇灌自己的心田，以柔软的姿态，抵御世间所有的坚硬。

温暖，它不会像一盆过分热情的炉火，天天高喊着励志的口号，随时随地保持着一张完美的笑脸，让我们这些只想停下来好好休息一下的疲乏旅人感到坐立难安。

温暖，它驱使微风环绕着你，而不是如暴风一般驱赶着你——那丝丝温柔的气流透过你的每一根神经传递给你的心这样的信念——别怕，我们永远守护在你身边，大胆向前走吧，你一定能行的！

但并非极寒之冬与极暑之夏就不存在温暖。

郑钧在歌中唱道：

"我见过灵魂的伴侣／抚摸过孤独的身体／尝过最奢侈的爱／才愿至死等待／我爬过沙漠去看青海／金色的油菜花正开／风中隐约传来阵阵圣歌／心中腾起解脱的欢乐／我愿／我愿／把自己点燃／生于最冷的冬天／我的名字叫温暖……

"在雪花纷飞的季节／我盛装赶赴你的邀约／旅途遥远或苦短／心中都已尽欢／我知道世界会变小／我明白人总会变老／往天堂的路会越来越难走／但囊中／有你为我备的美酒／我愿／我愿／把自己点燃／生于最冷的冬天／我的名字叫温暖……"

如果你有一颗温暖的心，哪怕是柔软的，无论置身于何时何地，都会怡然自得——

你会坚强得像一块石头，且经得起时间的打磨，愿意为你在乎的人磨平棱角，直到温润如玉。

你会绽放最真诚的微笑，对每个身处逆境的人张开天使的羽翼，你会从别人的幸福中感受到一样的幸福。

你会更坦然地面对镜中的自己，不抱怨这世界给你的没有别人的多，因你懂得起跑线之后还有很长很长的一段旅途。

你会被寂寞变得更美丽，累的时候闭上眼睛重新回到心灵的永无岛，做个放肆的孩子，娇宠自己、善待自己。

你会从生活微小的锁孔里看到最湛蓝的天空，抖掉鞋里的沙，收藏旅途中最快乐的记忆。

你会瞬间变成百万富翁，因为心灵的富有是不用拿货币衡量的。

你会在最紧张的时刻吹起轻快的口哨，把每一天的阴霾都变成阳光灿烂的日子。

你会更有耐心，即使在最深的夜里静静等待一朵花开的时间也不会觉得无聊。

你会……

温暖是会传染的，那些需要温暖的人会被你心中的太阳所散发的细小苍茫的力量吸引，聚拢到你的身边，从而把这温暖的力量传递到每一个人的心间。

这也是我们想要这本暖心之作达到的效果——当挚诚文字与温暖真情碰撞，定能迸发出最具感染力的火花，不仅每个读者的心会被温暖，萦绕在他们身边的所有人也会受到温暖的召唤。

第一章

迷茫时代，
活出有定见的自己　　> > >

自信是生命中最柔美的力量

当一个人身处困境时，自然希望能有一个救世主来解救自己，使自己从困境中摆脱出来。这样的想法是可以理解的。虽然，的确有在你最困难的时候将你从困境中解救出来的贵人，但是，这必须建立在对自己充满信心，并且十分努力的基础上。否则，即使万能的上帝，也只能徒呼奈何。

我们来说一个故事吧。

从前有一座山，山上有一座庙，庙里有个和尚，和尚带着一个徒弟。

这和尚道行高深，远近闻名，前来烧香拜佛的善男信女一年四季络绎不绝。

徒弟对和尚非常敬佩，希望自己也能有朝一日学禅悟道。可跟着和尚多年，徒弟觉得自己一点儿进展也没有，开始怀疑自己是否悟性太差，与佛无缘。于是，有一天，徒弟向和尚诉说了自己的苦恼，并提出了还俗的要求。他觉得，自己既然成不了大器，何必再做苦行僧呢？

和尚并没有安慰他，只是对他说：在你还俗之前，替我做一件俗事吧。说完，拿出一块漂亮的石头，叫他去山下的杂货市场叫卖。但和尚叮嘱他：你只是试着卖掉它，但不要真的卖掉，回来再告诉我它到底能卖出多少钱。

徒弟遵师嘱去了杂货市场，到天黑的时候才回来。他把石头还给和尚，丧气地说：杂货市场的人都说它不值钱，最多能卖几枚铜钱。

和尚说：你明天去黄金市场吧，问问金店的老板，仍然不要卖掉它，只是问问价。

从黄金市场回来，徒弟显得很兴奋，高兴地对和尚说：太棒了！有人竟肯出 1000 块大洋。

和尚很平静，淡淡地说：你明天去珠宝商那儿问问价吧，记住：千万不要卖掉它。

从珠宝商那儿回来，徒弟兴高采烈，对和尚说：简直不可思议！开始就有人愿出 5 万块大洋，我不卖。后来他又出到 10 万，我还是不卖。其他老板听说后，围住我，非要我卖，他们竞相抬价，甚至出价 20 万、30 万，最后他们说只要我卖，我喊价多少就是什么价。

和尚从徒弟手中拿过石头，捧在手中端详着，然后对徒弟说：其实，这只是一块普通的石头，但也是一块独特的石头。人也是一样，每个人都是普通的人，但也是独特的人。

徒弟听后，恍然大悟。后来，徒弟也成了闻名遐迩的禅师。我们每个人都有着与众不同的天赋和才能，要找到最能施展自己才能的场所。在一个只需庸才的地方，天才就会被埋没，或者被排挤。只有在最适宜的环境下，才能激发出自己的潜力，才能凸显最独特的价值。

这世界上从来就没有什么救世主，只有靠我们自己，靠我们的信心，靠我们自己的努力。

只有通过树立信心且通过自己的不断努力，才能从根本上改变自己，才能改变现状、改变生活。

自信的石头比金贵，自信的人才是天才，自信是医治消极颓废的良药，自信可以提升自我价值，自信有助于获得社会的积极评价。一定要把自己当成宝石，千万不要在杂货市场上轻易地把自己卖掉。

看清自己，自尊不自大

英国有个叫谢灵顿的人，曾因在中枢神经系统生理学研究方面做出过重要贡献而获得了 1932 年的诺贝尔生理学或医学奖。但也许很少有人知道，他在年轻时曾染上了一些不良习气，常常惹是生非。有一次，他心血来潮，向一位漂亮的女士求婚。女士知道他的恶习后断然拒绝道："我宁愿跳到泰晤士河里，也不嫁给你！"谢灵顿是个自尊心很强的人，这次受辱强烈刺激了他。他幡然醒悟，决心改邪归正，重新做人。从此修养品行，发愤图强，立志求学，终于取得了辉煌的成就。谢灵顿之所以能够最终成功，就是因为他为了自尊而奋进。

一个人应该有的品质是自我尊重，应该抛弃的是自大。自尊，就是尊重自己，不向别人卑躬屈膝，也不允许别人歧视自己；而自大，则是自以为是，瞧不起别人。拥有自尊心是人心理健康的重要标志。自尊，能激发人的上进心，促使人自强不息。一个人如果失去了自尊心，就如同行尸走肉，生活也就失去了意义。而自大则会发展到目中无人，天下唯我独尊，导致最终的失败。因此我们应该"自尊"，而绝不应当"自大"。

自尊和自大是截然不同的，人们常说："天不言自高，地不言自厚。"自己有没有本事，本事有多大，别人都看得见，心里都有数，不用自吹，更不能狂妄。没有多少人愿意信赖一个言过其实的人，更没有一个人愿意帮助一个出言不逊的人。不论是庄子还是老子，都劝人要以谦逊为上，不可以自作聪明地显示、夸耀自己的才能和实力。只有这样，才能不被人忌妒，才能真正达到自己的目的。

自信与自大虽然只有一字之差，但是意义却大相径庭。有人说，人若自信就能架起通往成功的金桥，人若自大便会栽进失败的泥沼。一个自高自大的人，往往看不到别人的优点；一个愤世嫉俗的人，自然领悟不到世界的精彩。

从现实中看，自信者头脑清醒，而自大者盲目清高；自信者注目于未来的目标，而自大者醉心于往日的功劳；自信者脚踏实地、埋头苦干，而自大者恃才傲物、目空一切；自信者赢来的是可喜可贺，而自大者招致的是可悲可笑。

不自大，关键是要看清自己。只有看清自己，寻求一种精神支柱，才会不断否定自己，充实自己；才会肯定别人的成功，查找自己的不足，知难而进，迎头赶上；才会在各种挫折面前，不唉声叹气，而是奋力拼搏，勇往直前。

一个人富有了，成功了，仍然看清自己，他将不会自傲和奢侈；一个人身居高位，吹捧的人多了，仍然看清自己，他将不会专横和贪婪。只有看清自己，才能成就人的操守，闪烁永恒的美丽。

让自信成为你的习惯

在一个公园里，几个白人小孩玩得正高兴。这时，一位卖氢气球的老人推着小车进了公园。白人孩子一窝蜂地跑了上去，每人买了一个，兴高采烈地追逐着放飞在天空中的色彩艳丽的氢气球。

在公园的一个角落，蹲着一个黑人小孩，他羡慕地看着白人小孩在嬉笑，他不敢和他们一起玩，因为他们是白人，而他是黑人。他没有信心与白人小孩一起玩。

白人小孩高兴地到别的地方去玩了。当他们的身影消失后，黑人小孩怯生生地走到老人的车旁，用略带恳求的语气问道："您可以卖一个气球给我吗？"

老人用慈祥的目光打量了一下他，温和地说："当然可以。你要一个什么颜色的？"

黑人小孩鼓起勇气说："我要一个黑色的。"

满脸沧桑的老人惊诧地看着小男孩，然后给了他一个黑色的氢气球。黑人小孩开心地拿过气球，小手一松，黑气球在微风中冉冉升起，在蓝天白云的映衬下，成了一道别样的风景。

老人一边眯着眼睛看着气球升起，一边用手轻轻地拍了拍小孩的后脑勺，说："记住，气球能升起，不是因为它的颜色和形状，而是因气球内充满了氢气。一个人的成败不是因为种族、出身，关键是你的心中有没有自信！"

自信是一种感觉——一种能使人们获得基本满足感的内在激情和外在光芒。自信并不是与生俱来的，而是后天形成的。

自信可以通过学习获得，同时又能促使人不断学习，它不是某些人的私有财产。世界上再聪明的人也同其他人一样，以信念和经历为基础来培养自信。虽然不同的人所使用的工具不尽相同，但核心目的是相同的。倘若我们依靠自己的能力，根据自己的需求，运用自己的才智使之不断增强，我们就可以做到自信且沉着冷静。

自信最令人欣慰的一点是，它不受年龄和生活水平的限制，时刻伴随着我们——无论是男人、女人，名人、平凡人，富人、穷人，还是艺术家、行政人员，青少年、老人都可以拥有自信。一个老人对自己、对他人、对未来怀有美好的愿望，拥有乐观的心境和坚定的信念，这比任何事都更能激励人心。反之，不被人所需的感觉是老人绝望的根源。

自信是一个人成功必须具备的素质，无数人才高举自信的旗帜，从逆境中奋起，在挫折中挺进，披荆斩棘，最终登上了人生的巅峰。自信是智慧的力量配合明确目标的一种表现，自信是成功的发电机，也是将你的想法付诸实践的原动力。如果没有这个动力，将很难达到理想的目标。

人生旅途无论何时何地都可能遭遇危机。在这种情况下，是胆怯逃避还是无所畏惧地去迎接挑战，往往是人生成功和失败的分水岭。一个有着果断和自信品质的人会毫不犹豫地接受这种挑战，因为这种挑战早在他的预料之中。事实上，危机里面常常包含着许多出人头地的机会，危机到来时也就是开始行动的最佳契机。

创造自己的命运，把握人生

有一个女孩在一家工程公司做秘书。每个人都知道，秘书工作没有什么技术含量。每天大致是接听电话、收发传真、打印或复印一些文件，然后端茶送水，给领导拎拎包。

这个女孩喜欢文字，偶尔也写一些文章。她通过朋友认识了一位作家。她表现得很热情，经常发邮件给作家，希望他能帮助她走上写作的道路。

"即使不要稿费也可以，我希望快点转行。"当时她的愿望显得很迫切。因为她似乎已经意识到，秘书不是一个有前景的职业，尤其是在这样一个小公司，况且她没有任何专业背景，她对自己的职场晋升没有丝毫信心。

于是，作家教授她一些写作方法，并鼓励她慢慢来。不久，作家看到了她写的东西。因为是第一次写书稿，当然效果不理想。

作家告诉她应该如何修改。她一一照改。

可遗憾的是，接下来，她的本职工作很忙，很少有时间来写作了。直到一年后她还是在原来的岗位，做原来的事情。一直很忙，偶尔很闲。所以，未完成的书稿也一直搁置在那里。

也许当她开始写作的时候，发现写作并不像她想象的那么容易。一部书稿就将她打败。她有借口不再坚持写下去，因为有时候她确实很忙，因为她的确没有任何出版的经验，写书对她来说，难度太大了。

因此，她还是做一些早已经让自己厌倦，又没有前途的琐碎事情。她也始终没有摆脱掉一年前的困惑。

她没有勇气辞掉自己的工作，专心写作。在对本职工作没有信心的情况下，又三天打鱼两天晒网地从事第二职业，并希望得到转行的机会。当她觉得秘书工作虽然没有前途，但确实很轻松的时候，她又感到对写作没有信心，失去了开始的斗志。

很难想象，她最终从一个秘书转行做一个作者是什么时候。或许，3年、10年、20年后，当她的热情都被琐碎的杂务磨灭的时候，当她容颜老去，老板将她辞退后，她会再次想到转行。

一个没有信念，或者不坚持信念的人，只能平庸地过一生；而一个坚持自己信念的人，永远也不会被困难击倒，因为信念的力量是惊人的，它可以改变恶劣的现状，形成令人难以置信的圆满结局。

随着《哈里·波特》风靡全球，它的作者和编剧 J.K.罗琳成了英国最富有的女人，她所拥有的财富甚至比英国女王的还要多。然而，J.K.罗琳曾有一段穷困落魄的历史，她的成功恰恰在于她坚持自己的信念。

不管你的年龄如何，处于怎样的状况之中，你都可以掌握你的人生，追赶成功。在任何年龄，你都有力量达到成功，只要你愿意通过创造自己的命运来把握人生。怀抱信念，制订计划，追赶自己的命运，创造命运和达到成功就永远不会太迟。

成功者之所以成功，是因为他们总是以积极的信念支配和控制自己的人生，战胜自己的缺陷，而失败者却恰恰相反。

世上任何事业都不会是一帆风顺的。在通往成功的过程中，总会遇到各种困难，唯有那些始终坚守自己信念的人，才会取得最终的成功。

人在深渊，也要种一枝花

杰克一生中最悲惨的一天发生在 1933 年，当时警长从前门进来，杰克从后门溜走。他失去了长岛的家园。

12 年前，杰克还志得意满，他把他的小说《水塔西侧》的电影版权卖给电影公司，价钱堪称好莱坞之冠。杰克一家住在国外已有两年了。夏天他们到瑞士避暑，冬天在法国逍遥——像个富翁一样。

回到纽约，杰克的麻烦也开始了。

当时，由于一切太顺利，杰克渐渐觉得自己有一种沉睡已久的潜能尚未开发，他把自己想象成成功的生意人。

有人告诉杰克，约翰·雅各布·亚士特投资纽约空地赚了几百万。亚士特何许人？不过是带着外国口音的一介移民。他都能做到，杰克愤愤地想：我为什么不能？我要发财！杰克开始阅读房地产杂志。

他只有一片愚勇。杰克对房地产买卖的了解不会比一个因纽特人更多。他到哪里去筹钱来开始这个事业呢？

答案很简单：把家里的房子抵押掉，买下一批地，等到好价钱时售出，他就可以过一劳永逸的日子了。对那些在办公室任劳任怨干领薪水的人，杰克充满了同情。显然上天只赐给自己这种理财的天分。

突然间，大萧条就像飓风一样席卷了杰克。

一个月杰克得为那片土地缴 220 美元，而每个月过得可真够快的。当然他还得支付抵押贷款，并维持全家温饱。杰克开始担心了。他想为杂志写些幽默小品，可是下笔沉重，一点儿都不好笑。杰克什么也卖不出去，他的小说也卖得很差。

杰克家里已经没有煤可以用，唯一取暖的工具是壁炉。晚上杰克会到有钱人盖房子的工地去捡拾木板木条，而他曾经是那些人中的一分子。

杰克担心得睡不着觉，常常半夜起来踱方步，把自己搞得很累再回去睡。

杰克不但损失了买进的土地，还赔上了所有的心血。银行扣押了杰克的房子，他和家人只有流落街头。

最后，杰克一家总算弄到了点钱租了个小公寓，并在1933年除夕搬了进去。

杰克坐在行李箱上看着四周，母亲常说的一句话在耳边响起："别为泼翻的牛奶哭泣。"可是，这不只是牛奶，这是杰克一生的心血啊！

呆坐了一会儿，杰克告诉自己："我已经跌至谷底，情况不可能再坏，只有逐渐转好。"

杰克开始想还有什么他尚未失去的东西。他还拥有健康与朋友，他可以东山再起。他不再为过去难过，他要每天提醒自己妈妈常说的那句话。

杰克把忧虑的时间及精力投注在工作上，状况慢慢地一点点地改善了。

杰克很感谢有机会经历那样的劣境，因为他从中得到力量与自信。杰克现在知道什么是跌到谷底，他也知道那并不能打垮人。他更清楚人比自己想象的要坚强得多。

现在，再有什么小困难、小麻烦，杰克就会坐在行李箱上提醒自己对自己说过的话："我已经跌至谷底，情况不能再坏，只有转好。"

当我们处于低谷的时候，不要气馁，因为，已经在低谷了，只要努力，便只有上升一种可能。而当我们处于顺境时切不可自满，认为自己了不起，什么事都可以做，要知道过满则溢，溢则倾，倾则亏覆。另外，无论在什么时候都不要为已经打翻的牛奶而哭泣，不要为过去的事而烦恼，事情已经发生，那么就接受不可避免的事实吧。唯有积极采取行动才能改善。

每天进步一点点

1983年，伯森·汉姆徒手攀壁，登上纽约的帝国大厦，在创造了吉尼斯纪录的同时，也赢得了"蜘蛛人"的称号。美国恐高症康复联合会得知这一消息，致电"蜘蛛人"汉姆，打算聘请他做康复协会的心理顾问，因为在美国有8万多人患有恐高症。

伯森·汉姆接到聘书，打电话给联合会主席诺曼斯，让他查一查第1024号会员。这位会员很快被查了出来，他的名字叫伯森·汉姆。原来他们要聘做顾问的这位"蜘蛛人"，本身就是一个恐高症患者。

诺曼斯对此大为惊讶。一个站在一楼阳台上都心跳加速的人，竟然能徒手攀上400多米高的大楼，这确实是件令人费解的事，他决定亲自拜访一下伯森·汉姆。

诺曼斯来到费城郊外的伯森住所。这儿正在举行一个庆祝会，十几名记者正围着一位老太太拍照采访。原来伯森·汉姆94岁的曾祖母听说汉姆创造了吉尼斯纪录，特意从100公里外的葛拉斯堡罗徒步赶来，她想以这一行动，为汉姆的纪录添彩。谁知这一异想天开的想法，无意间创造了一个耄耋老人徒步百公里的世界纪录。

《纽约时报》的一位记者问她，当你打算徒步而来的时候，你是否因为年龄关系而动摇过？老太太笑着说，小伙子，打算一口气跑100公里也许需要勇气，但是走一步路是不需要勇气的，只要你走一步，接着再走一步，然后一步再一步，100公里也就走完了。

恐高症康复联合会主席诺曼斯站在一旁，一下明白了伯森·汉姆登上帝国大厦的奥秘，原来他只需要一步一步往上爬就可以了。

在这个世界上，创造出奇迹的人，正是那些一步一步往上爬的人。

不用一次进步太快，一点点就够了。不要小看这一点点，每天小小的改变，日积月累会有大大的不同。

成功与失败的距离，并不像大多数人想象的那样是一道巨大的鸿沟。成功与失败之间的差别只在一些小小的动作：每天花10分钟阅读、多打一个电话、多努力一点、多一个微笑、多费一点心思、多做一些研究，或在实验室中多试验一次。

伟大的哲学家冯·哈耶克告诫道："如果我们多设定一些有限定的目标，多一分耐心，多一点谦恭，那么，我们事实上倒能够进步得更快且事半功倍；如果我们自以为是地坚信我们这一代人具有超越一切的智能及洞察力并以此为傲，那么我们就会反其道而行之，事倍功半。"

成功就是每天在各方面持续不断地进步一点点。每天进步一点点是卓越的开始，每天创新一点点是领先的开始，每天多做一点点是成功的开始。

纽约的一家公司被一家法国公司兼并了，在兼并合同签订的当天，公司新的总裁就宣布："我们不会随意裁员，但如果你的法语太差，导致无法和其他员工交流，那么，我们不得不请你离开。这个周末我们将进行一次法语考试，只有考试及格的人才能继续在这里工作。"散会后，几乎所有人都拥向了图书馆，他们这时才意识到要赶快补习法语了。只有查宁像平常一样直接回家了，同事们都认为他已经准备放弃这份工作了。令所有人都想不到的是，当考试结果出来后，这个在大家眼中肯定没有希望的人却考了最高分。

原来，查宁在大学刚毕业来到这家公司之后，就已经认识到自己身上有许多不足。从那时起，他就有意识地开始了自身能力的储备工作。虽然工作很繁忙，但他坚持每天提高自己。作为一个销售部的普通员工，他看到公司的法国客户有很多，但自己不会法语，每次与客户的往来邮件与合同文本都要公司的翻译帮忙，有时翻译不在或兼顾不上的时候，自己的工作就要被迫停顿，因此，他早早就开始自学法语了。

同时，为了在和客户沟通时能把公司产品的技术特点介绍得更详细，他还向技术部和产品开发部的同事们学习相关的技术知识。

这些准备都需要时间，他是如何解决学习与工作之间的矛盾的呢？就像他自己所说的一样："只要每天记住10个法语单词，一年下来我就会3600多个单词了。同样，我只要每天学会一个技术方面的小问题，用不了多长时间，我就能掌握大量的技术了。"

查宁能够应对多变的形势，就是每天学习一点点，每天进步一点点。成功就是简单的事情重复去做，成功就是每天进步一点点。每天进步一点点，虽然只有一点点，可是我们仍在进步，仍在前进，怕就怕止步不前，这样你永远都成功不了。成功与失败往往只差这么一点点，每天多做一点点，慢慢地，你会发现自己离金字塔顶已经不远了。

《礼记·大学》中有句话："苟日新，日日新，又日新。"老子在《道德经》中说："合抱之木，生于毫末；九层之台，起于累土；千里之行，始于足下。"这些古老的中国经典文化都说明了一个道理：量变积累到一定程度就会发生质变。一个人，只要坚持每天进步一点点，终有到达成功的那一天。

第二章

做一个
灵魂有香气的人

与其声嘶力竭，不如莞尔一笑

生活中我们总会遇见这样那样的坎坷，有时候这些困境会让我们深陷其中，几乎崩溃。但在这个时候，你即便是声嘶力竭地呐喊也无法改变什么，不如莞尔一笑，反而能豁然开朗。

有个人失恋了，在公园悲痛欲绝。

一位哲学家走来问他：你为何哭得如此伤心？

失恋的人回答说：我和青梅竹马的女友分手了，10年的感情啊，说分就分了！

不料这个哲学家却哈哈大笑，并说：这是好事啊，你还哭，真笨！失恋的人便很生气地说：你怎么这样啊，我受这么大的打击，都不想活了，你不安慰我就算了，居然还指责我！

哲学家回答他说：傻瓜，你根本不用难过啊，真正难过的是她，因为你只是失去了一个不爱你的人，而她却是失去了一个爱他的人。

失恋的人听了想了想，停止了哭泣。

所以，你要从现在开始，用微笑面对生活。不要抱怨生活给了你太多磨难，不要抱怨生活中有太多曲折，更不要抱怨生活中存在着不公平，当你览过世间的繁华，阅尽世事，你会明白：人生再苦也要笑一笑。

不论阴云密布，不论阳光灿烂，都让我们时时刻刻保持微笑。微笑是如此简单，人人皆有；微笑是如此重要，可以治心；微笑是如此有益，助人成事。

微笑是人生的一种境界。

人们都希望自己的生活中，能够多一些快乐，少一些痛苦，多些顺利，少些挫折。可是命运却似乎总爱捉弄人、折磨人，总是给人以更多的失落、痛苦和挫折。

有这样一则故事：草地上有一个茧，被一个小孩发现并带回家。过了几天，茧上出现了一道小裂缝，里面的蝴蝶挣扎了好长时间，身子似乎被卡住了，一直出不来。天真的孩子看到茧中的蝴蝶痛苦挣扎的样子十分不忍。于是，他便拿起剪刀把茧剪开，帮助蝴蝶破茧。然而，由于这只蝴蝶没有经过破茧前必须经历的痛苦挣扎，以致出壳后身躯臃肿，翅膀干瘪，飞不起来，不久就死了。这只蝴蝶的欢乐也就随着它的死亡而永远地消失了，这个小故事说明了一个道理：要得到欢乐，就必须能够承受痛苦和挫折，这是对人的磨炼，也是一个人成长必经的过程。

人生在世，都会遇到厄运，适度的厄运具有一定的积极意义。它可以帮助人们驱走惰性，促使人奋进。因此厄运又是一种挑战和考验。

人生重要的不是拥有什么，而是经历了什么，任何坎坷的经历都是一种宝贵的人生财富。

英国哲学家培根说过："超越自然的奇迹多是在对逆境的征服中出现的。"关键的问题是应该如何面对厄运与不幸。面对逆境的最高境界是在逆境中学会微笑。

逆境中的微笑，可以让人心平气和，不急不怒，能让人仔细分析所处困境，厘清思路，找出解决办法，顺利渡过难关。

微笑不用花钱，却永远价值连城

微笑具有一种独特的魅力，它可以点亮天空，可以使人振作精神，可以改变你周围的气氛，更可以改变你。面带微笑会使你更受别人的欢迎。

悲痛时，我们可以用微笑驱除眼泪；不安时，我们可以用微笑驱除恐惧；烦恼时，我们可以用微笑驱除郁闷。

一个阳光普照、风和日丽的星期六，"山房"餐厅生意兴隆，人潮涌动。这时，餐厅迎来了一位西装革履、红光满面、戴墨镜的中年先生。见到这种客人，谁都不敢怠慢。服务员快步上前，微笑迎宾，问位开茶。可是，这位客人却不领情，一脸不高兴地问道："我两天前就已在这里预订了一桌酒席，怎么看上去你们没什么准备似的。""不会的，如果有预定，我们都会提早准备的，请问是不是搞错了？"服务员连想都没想就回答了那位客人。

可能是酒席的意义重大，客人听了解释后，更是大发雷霆，跑到营业部与营业员争执起来。营业部经理刘小姐闻讯赶来，刚开口要解释，客人又把她作为泄怒的新目标，指着她呵斥起来。

当时，刘小姐头脑非常清醒，她明白，在这种情况下，做任何的解释都是毫无意义的，反而会招惹客人情绪更加激动，于是就采取冷处理的办法让他尽情发泄，自己则默默地看着他，"洗耳恭听"，脸上则始终保持一种亲切友好的微笑。一直等到客人把话说完，平静下来后，刘小姐才心平气和地告诉他餐厅的有关预订程序，并对刚才发生的事表示歉意。客人接受了她的解释，并诚恳地表示："你的微笑和耐心征服了我，我刚才情绪那么激动，很不应该，希望下次到'山房'还能见到你亲切的微笑。"

一阵暴风雨过去了，雨过天晴，"山房"的服务空气也更加清新了。

微笑具有一种无形功能，它能拉近心与心的距离，进行情与情的交流，让针锋相对的兄弟重新成为手足，让水火不容的朋友重新成为生死之交。

有一位日本著名的造型家，他写了一本书，书中一个跨页收集了几十位女性的头像，这些女性有年老的、年轻的，有人们认为很美的，也有很丑的，但是你看她们每一个人时，你的心情都是愉悦的、恬静的。不因为别的，就因为她们给了你灿烂的笑容。

微笑是社交场合的通行证，表达感情的最好方式。动人的微笑需要找到最适合的表情，并熟悉和反复练习。经过训练的笑容，应该是可以控制、有表达力的微笑，这与我们本色的微笑不同。本色的微笑只有心中有笑意才会笑，没有笑意又没有经过训练，你是笑不出来的，也是不会笑的。可是在生活、工作中，在人与人的交往中，微笑也是一种工具，你可以用它拉近人与人的距离，表达你对他人的尊敬和礼貌，感谢他人的诚意和礼遇。因此我们说，在和别人交往时要懂得微笑。

带着微笑工作，做顾客的阳光

作为管理者，人们始终都在考虑如何通过激励让员工更主动地投入工作；而作为员工，每个人也都希望着如何能将乏味的工作变得轻松快乐。在这样一个似乎互为矛盾的关系中，是否又有人会去考虑如何同时满足这两种需求呢？即使考虑了，也会认为这将是一个复杂而艰巨的工程吧。而事实上，有一种方法，一种很简单的方法，可以轻松地将两者有效解决，那就是微笑。很难想象，这个世界如果没有欢笑会是怎样一种景象；很难想象，微笑的魔法在管理中竟可以带来如此的奇效。

有一次，一位知名培训师出差住在希尔顿酒店，酒店里一位普通的服务员给他留下了十分深刻的印象。

她是一位十分开朗的服务员，无论什么时候见到她，她的脸上都绽放着使人非常舒服的微笑。很多顾客都和她很熟悉，就像是老朋友一样。

一天，培训师到酒店附近的商店买东西，刚好她也在，培训师发现她当时的神色非常悲伤，和平时很阳光的感觉大不一样。

和她打招呼时，培训师看到她的左臂上系了一块黑纱，也就是说，她刚刚失去了一位亲人。但当她看到培训师的那一刹那，却奇迹般地又一次露出了那种使人感到温暖的微笑。

培训师问她："家里有人去世了吗？"

她回答说："是我的父亲，上个星期去世的……"

培训师很惊讶地说："平时怎么一点也看不出来呢？"

她继续微笑着说："希尔顿酒店有一条规定：无论如何不能把我们的愁云摆在脸上！哪怕饭店本身遇到了很大的困难，希尔顿服务员脸上的微笑也永远是顾客的阳光。"

毫无疑问，亲人去世所带来的巨大悲痛是无法用语言形容的，但她只是将这种悲痛放在心里，放在独自一人的时候，而面对工作和顾客的时候，依然保持一如既往的微笑，做"顾客的阳光"。

从她身上，我们看到了一个优秀员工所具备的职业素养。在工作中，谁都难免有情绪不好的时候，这些情绪很多都可以理解，也值得安慰。但它毕竟只属于个人，作为一个职业人，我们没有理由将个人情绪转嫁到工作和客户身上。正因为有这样优秀的员工，希尔顿饭店才能遍布世界并受到众多顾客的喜爱。

"做顾客的阳光"，这样的理念并不仅仅适用于服务业，也适用于所有的单位和行业。对于现代人来说，微笑几乎已经是工作中必不可少的一部分。微笑对每一个人都有着无法取代的重要性。无论在生活还是工作中，微笑都闪耀着迷人的魅力，推动你更好地生活和工作。

微笑吧，温馨地融洽彼此的关系

笑容是一种令人感觉愉快的表情，它可以缩短人与人之间的心理距离，为深入沟通与交往创造温馨和谐的氛围。因此有人把笑容比作人际交往的润滑剂。

微笑是一种令人愉快的表情，它在人际交往中有很重要的作用。微笑可以在瞬间缩短人与人之间的心理距离。生活中，没有什么东西能比一个灿烂的微笑更能提升你的个人魅力，更能打动人心的了。

在所有的交际语言中，微笑是最有感染力的，微笑是放之四海而皆准的"人际交往的高招"。微笑往往能很快缩短你与他人的距离，表达出你的善意、愉悦，给人以春天般的温暖。一个微笑，邻座的人就可能成为自己的朋友。一个微笑，会燃起一对青年男女的爱慕之情。笑暖人心，又能体谅家庭快乐，建立人与人之间的好感。微笑使疲倦者休息，拘束者轻松，悲哀者节哀，微笑就是一种情绪的调和剂。

一名应聘者到一家刚刚成立的公司参加应征，看到公司内部设施简陋，脸上便愁容满面，提不起精神。老板一看他的表情，便失去了继续交谈的兴趣。而另一位应聘者从进门到离开办公室，一直面带微笑。他对老板说："我如果能够来到这里工作，心里非常高兴，我一定会努力工作。"老板对他产生了好感，很快面试就通过了。

在笑容中，微笑最自然大方，最真诚友善。世界各民族普遍认同微笑是基本礼仪和常规表情。在人际交往中，保持微笑，至少有以下几个方面的作用。

表现心境良好。面露平和欢愉的微笑，说明心情愉快，充实满足，乐观向上，善待人生，这样的人才会产生吸引别人的魅力。

表现充满自信。面带微笑，表明对自己的能力有充分的信心，以不卑不亢的态度与人交往，使人产生信任感，容易被别人真正地接受。

表现真诚友善。微笑反映自己坦荡，善良友好，待人真心实意，而非虚情假意，使人在与其交往中自然放松，不知不觉地缩短了心理距离。

在与人交往时，请时刻保持微笑，如同站在舞台上一样。微笑不仅能给对方留下美好难忘的印象，而且能让自己在生活中处处获益。给别人一个浅浅的微笑，你的人脉王国就会有意想不到的收获，这实在是一桩"一本万利的好生意"。

当你要去上班的时候，请对大楼的电梯管理员微笑，请对大楼门口的警卫微笑，请对公交车的售票小姐微笑……请对你见到的所有人微笑，你很快就会发现，每一个人也对你报以微笑。

真正的微笑应发自内心，渗透着自己的情感。表里如一、毫无包装或掩饰的微笑才有感染力，才能被视作"参与社交的通行证"。爱的微笑像一把神奇的钥匙，可以打开心灵的迷宫。微笑是交往的一剂良方，善于交往的人脸上常常带有微笑。微笑传达的是善意、友好、爱和认同，它能在最短的时间内打破人与人之间的隔阂，是一把解开心结的金钥匙。真诚的微笑会令人有意想不到的收获。

心灵越纯净，快乐的能量就越强大

弟子问佛："为何不给所有女子羞花闭月的容颜？"

佛曰："那只是昙花的一现，用来蒙蔽世俗的眼！没有什么美可以抵过一颗纯净仁爱的心。我把它赐给每一个女子，可有人让它蒙上了灰。"

弟子问佛："世间为何有那么多遗憾？"

佛曰："这是一个婆娑迷离世界，婆娑即遗憾。没有遗憾，给你再多幸福也不能体会快乐。"

弟子问佛："如何让人们的心不再感到孤单？"

佛曰："每一颗心生来就是孤单而残缺的！多数带着这种残缺度过一生，只因与能使它圆满的另一半相遇时，不是疏忽错过，就是已失去了拥有它的资格。"

弟子问佛："如果遇到了可以爱的人却又怕不能把握，该怎么办？"

佛曰："留人间多少爱，迎浮世千重变，和有情人做快乐事，别问是劫是缘。"

弟子问佛："如何才能如你般睿智？"

佛曰："佛是过来人，人是未来佛。我也曾如你般天真。"

生存需要竞争，生活需要宽容。互相宽容的朋友一定百年同舟；互相宽容的夫妻一定百年共枕；会宽容的人心灵必然纯净，生活必定快乐。

在舍卫国，有一个做清洁工作的妇人，天天打扫街道，十分勤劳。因为长期工作，她的衣服很脏，大家都很讨厌她。每次见到她，人们总是掩着鼻子走过。但佛陀叫她来听佛法，鼓励她精进。

这样一来，城内的人很不赞成，有人跑来责问道："佛陀啊！你常说清洁的话，教人做清净的事，可是你为什么要和肮脏的女人谈话呢？难道你不觉得讨厌吗？"

佛陀严肃地看了他一眼，答道："这妇人保持城市的清洁，对我们贡献极大，而且她谦卑、勤奋，做事负责，你们为什么讨厌她呢？"

这时，那妇人已经洗过澡，换了衣服，容光焕发地走出来和大家见面。

佛陀继续说："你们外表虽然清洁，但是内心骄傲、无礼，心灵污秽。要知道，她外表的肮脏容易洗净，你们内心的肮脏才难以改善呀！"

佛陀的话让人们羞愧不已，他们知道自己错了，从此再也不敢讥笑别人。

看人要看心，外表的肮脏容易洗净，内心的肮脏才难以改善。要做个内心纯净的人，扫除心灵的污秽，因为，内心的洁净要比外在的干净更重要。

在怨恨中，没有人是赢家，怒气长期在胸中燃烧，只会灼伤自己。为别人的过错耿耿于怀，只能毒害自己的心灵。卸下心里的包袱，将别人造成的伤害从心底里淡忘，不再与以前的伤害发生牵连。没有了这伤害和牵连，心灵就会获得自由和快乐。只有心灵纯净，才会知足常乐，快乐才会来得更容易些。

让性格魅力为你的人生加分

良好的性格，是持久幸福的唯一保证。弗洛伊德曾说："性格决定命运！"美国约·凯恩斯也说："习惯形成性格，性格决定命运。"

贪婪令人精神恍惚，若要获得快乐，你得付出昂贵的代价——在期待得到它们之前，备受折磨，在它们已经结束和过去之后，还要搅起心中的毒素。本质邪恶的快乐本来就短促，过后还往往使人不满足。正如罪犯在犯罪之后，即使无人发现，其作恶的欲望也并不会消失，反而会继续挣扎在邪恶的深渊。

这种快乐，既不真实，也不可靠。即便它没有对你造成伤害，也只是过眼云烟，转瞬即逝。持久的幸福才值得我们追寻。除了精神可以控制这种快乐之外，再没别的东西可以管住它了。

让我们来看下面这个例子：

一次，小塞德兹拿起捉蝴蝶的网来到了田野。他举起网的杆子向一只蝴蝶舞了过去，一下子就将它网住了。若在平时，蝴蝶会在网子里飞跳不停，想要挣脱出去。可是这一次，那只蝴蝶却一动不动地停在那儿，他小心翼翼地翻开网子，想看看是怎么回事，又害怕它突然逃掉。

可是，当他把蝴蝶的翅膀捏在手上的时候，发现它已经死了。或许是他刚刚捕捉它的时候在无意中用杆子将它打死了。不知是什么原因，在看到死蝴蝶的那一瞬间，小塞德兹突然难过起来。他认为自己无缘无故地杀死了那只蝴蝶是一件有罪的事。突然之间，晴朗的天空和灿烂的阳光一下子就在他的心中消失得无影无踪，在他的心里只剩下了黑暗。一阵沉重的忧伤将他完全笼罩。在以后的好几天里，他一直被这种犯罪感所折磨，认为自己残酷地杀死了一个小生命。

"爸爸，你说我是一个坏孩子吗？我害死了一个生命，我是个罪人，一定会受到上帝的惩罚。"

"那只蝴蝶已经死了，这是一个无法挽回的事实，你自责也没有用，关键是要看你以后怎么做。只要你以后不再犯这样的错误，尽力去关心和保护小动物，不就行了吗？只要你以后不像坏孩子那样残酷地对待小动物，并关心和保护它们，我想上帝是会宽恕你的。"

"真的？！"儿子兴奋地叫了起来。

第二天，他们一起到田野中散步。这一天天气好极了。天空像宝石那样蓝，几只美丽的蝴蝶在花丛中欢乐地飞舞着。塞德兹趁机告诫儿子，"你应该向这些快乐的蝴蝶学习，不要总是把什么事都往坏处想，你应该生活在明媚的阳光之中。

俄国作家果戈理的长篇小说《死灵魂》中有个人物泼留希金，虽然他的家财堆积得腐烂发霉，可是贪婪、吝啬的性格仍促使他每天上街拾破烂，过乞丐般的生活。青年诗人顾城，杀妻后自戕其身，正是因为其性格孤僻、心胸狭窄，而后发展到畸形、扭曲、精神崩溃。

当代杰出女作家冰心，一生淡泊名利，生活上崇尚简朴，不奢求过高的物质享受；文坛上也不做无谓之争，在平和的环境中与人相处，在微笑中勤奋写作。她的健康长寿、事业辉煌都得益于开朗、豁达的性格。

大哲学家苏格拉底是一位具有良好性格的伟大哲人，他的妻子心胸狭窄，整天唠叨不休，动辄破口骂人。一次，她大发雷霆后，又向苏格拉底头上泼了一盆冷水，苏格拉底满不在乎地说："雷鸣之后，免不了一场大雨。"试想，要是遇上别人，不被这位恶妇气死，也会患上精神分裂症。苏格拉底为什么要娶这样的恶婆？据说，他是为了净化自己的精神，磨炼自己豁达大度的性格。

良好的性格品质和不良的性格品质对人的未来发展有着截然不同的影响，从这个意义上讲，性格决定命运一点都不为过。

心情决定美丽

有这样两个人，一个极富，一个极穷。富的是有名的房地产老总，开着300万一辆的车，喜欢摄影，照相器材是100多万的经典，到清华读了MBA。

穷的是蹬人力三轮车的，天天守在超市边，拉几个零活，一天下来，好的话能挣20元，坏的话就几块钱。住在城市的边缘一个快要拆迁的窝棚里，家里还有一个瘫女人。

他们过着截然不同的生活，却有着同样的生活态度。

富的男人虽然富，却也是浪漫的人，他说，钱，挣了是用来显示自己的能力的，除此以外，还有多大作用？他建了好多所希望小学，带着太太去欧洲旅游，不像别的有钱人那么忙得脚不沾地。

去清华上学时，教授说做个实验就知道大家谁更会经营自己的企业。他让所有人把手机全放到讲台上，必须开机。他们都是老总级的人物，自然生意是忙的，所有人的手机都响个不停，只有这位房产商的手机是沉默的。教授说，这个男人才是最会生活、最会经营自己企业的人，他懂得放手，懂得让自己有私人空间。

他笑了，说，我告诉自己的副总了，只有公司发生两件事可以给我打电话，一是公司里着了大火，二是公司出了重大事故死了人。其他的，可以自己处理，因为前10年，他已经把基础打好了。

他说自己计划45岁退休，然后去各地拍片子，自己花钱出版，不为别的，因为那是他年轻时的一个梦。

他还要带着太太住到山上去。他说，小的时候以为山上住着神仙。

穷人的幸福并不比富人少。

虽然挣的钱少，回到家，老伴会嘘寒问暖。老伴会唱戏，他便学会了拉二胡，吃过饭，必要唱一段。他也是知足的，虽然穷是穷了点，可有老伴的爱，他也知足了。老伴没有去过北京，他就骑三轮拉着她去，一边走一边唱。有电视台拍下他们来，说他们是流浪的大篷车。他笑笑说，就是图个乐。

富人与穷人的快乐有多少区别？如果用钱来衡量，区别很大，富人可以用钱买来很多看似快乐的快乐，穷人不能。如果用精神来衡量，那几乎是一样的，他们感受到的快乐，谁也不比谁少多少。

两种生活，一样的人生，如果你感觉到自己很幸福，钱多点少点，真的不重要。因为，活出美丽的心情，那才是最美妙的人生。

永远不要失去生活的热情

莉莉从来没想过给人做看护，她连自己都照顾不好。

那个夏日，莉莉站在邻居露丝家的客厅里，面对着满屋子成堆的纸片，一片茫然：这是什么状况？

"我需要你帮忙。"露丝对莉莉说。"我正在找一个笔记本，上面有这种茶壶的图片。"她指了指客厅里的一个柜子，里面摆满了漂亮的茶壶，"肯定就在这儿某个地方。"

莉莉忐忑地笑了一下："您还记得最后一次看见它是在哪儿吗？"

"天哪，不记得，"她答道，"不过找到时就知道了。"

这就是莉莉当时的生活境况。连眼前这个 89 岁眼神不好的老太太都能看出来，莉莉除了帮她找一个又脏又旧的笔记本之外无事可做。

28 岁那年，莉莉搬回了家里，事事都不如意，工作、爱情……她萎靡不振，对任何事都提不起兴趣。妈妈总劝她走出去，找点儿事做，哪怕帮帮别人也好。

于是，当露丝打电话来问莉莉能不能"过去一分钟"时，妈妈几乎是把莉莉推出了家门，说："这对你有好处。"

莉莉开始在堆积如山的纸片中翻找，头越来越大。两个小时后，她终于在楼上一间闲置卧室的小墙角里找到了笔记本。"太好了，"露丝欢呼着，"我下周做演讲时还要用呢。"

莉莉惊讶地看着她，心想年近 90 的老人了，居然活得比我还要忙碌。

自那以后，莉莉每周都去拜访露丝几次，起初只是为了躲开老妈的唠叨，但渐渐地露丝那儿总有一些东西能引起她的兴趣。

一次，莉莉到她家时，她正在客厅里眯着眼睛看一封信。"我又需要你帮忙了，"她说，"帮我读一下这封信吧。"

"好啊。"莉莉搬了张椅子挨着她坐下。

"亲爱的露丝，"莉莉念道，"我正在回想我们一起去做考古挖掘……"

莉莉满脸惊讶，"你以前是考古学家？"

"不是，"她微笑说，"是几个朋友共同的业余爱好，我们一直保持着联系。"

读完信后，莉莉忙着帮露丝整理书籍，却不由自主地瞥向那个趴在书桌上认真回信的苍老身影。这个女人真让人惊叹，一生住在艾奥瓦州这么个巴掌大的小镇上，却生活得这么充实，她是怎么做到的？她好像永远不会停下来。来信的人肯定没指望立刻收到回复，但露丝却在那儿写得认认真真。

莉莉很快发现露丝写信并非偶尔为之，几乎每天她都有信要莉莉读或有信要写。她像收集茶壶一样收集朋友，和每位朋友都有一些故事。她的这种生活对莉莉来说只有在梦中才能实现。

一次，莉莉送给露丝一个自己亲手织的十字架，她的眼睛都亮了。"谢谢你，"

她说，"真是太漂亮了，它会在我的收藏里占据一个非常宝贵的位置。"

她停顿了一下，然后看着莉莉说："我特别盼望你来看我，你总是活力四射。我真希望能像你一样精力充沛，对生活充满希望。"

莉莉看着她，惊讶万分。她是在说别人吧？但随即明白，和露丝的相处早已让莉莉发生了巨大的改变，找回了自信与生活的热情。

永远不要失去生活的热情，活出美丽的心情，那才是最美妙的人生。

第三章

在自己存在的地方，
成为一束光

> > >

WENNUAN
SHIDUIKANGSHIJIANSUOYOU
DEJIANYING

意志可以使一切困难让路

意志力的大小决定了一个人在这个世上能够走多远的路程，因为世界上没有绝望的处境，只有对处境绝望的人。意志力薄弱的人，一遇到困难就会退让，最终一事无成。所以，意志力是成就大事者不可或缺的一项修炼。

一个能控制自己意志的人，也就拥有了自我引导的伟大力量。这种巨大的力量可以帮助他实现他的期待，达到他的目标。如果他的意志力坚强得跟钻石一样，并以这种意志力引导自己朝着目标前进，那么他所面对的一切困难，都会迎刃而解。

有个叫布朗丁的走钢丝的杂技演员曾说过这样一件事："有一天，我签了一个协议，要在指定的一个日子表演沿着钢丝推一辆手推车。那是在我腰疼病发作的前一两天签的。当我腰痛时，我就把医生叫来，告诉他必须在某一天前把我治好。否则的话，我不仅会失去我应挣的钱，而且会被罚一大笔钱。但是，我的病情并不见好转，临表演前的最后一天晚上，医生与我争辩，他激烈地反对我第二天去走钢丝。

"第二天早晨，我的病情仍没有什么起色，医生禁止我下床。我对他说：'我为什么要听你的劝告？如果你不能把我治好，为什么我还要遵从你的意见？'当我赶到现场时，医生也赶到了那里，力劝我不要那样做，说我的身体状况不适合参加表演。但我还是上了，尽管直到走钢丝的前一分钟我的腰都很疼。我准备好了平衡杆和手推车，握住车的把手，推着车沿着钢丝索前进。结果，我的这次表演像以往的任何一次表演一样，很顺利。我把手推车推到了另一端后，又将它沿着绳子推了回来。但当这一切结束的时候，我又腰疼难忍。是什么使我在犯腰痛病的情况下完成了走钢丝的表演呢？答案就在于我的意志力。"

人类的意志力包含了某种神秘的力量。然而，作为一种普通的"心智功能"，意志力又是为人所熟知的东西，我们每天都能感受到它的存在。有很多人会否认，在本质上人是一种精神动物，但是，恐怕没有人会怀疑每个人都或多或少要受自己意志力的影响。

当摩尔人的首领莫利·摩洛克因重病卧床，被不治之症折磨得奄奄一息时，摩尔人的军队和葡萄牙人之间发生了一场战争。在战争陷入危急关头之时，莫利·摩洛克竟然从病床上一跃而起，重新召集了自己的军队，并领导他们取得了战争的胜利。而战争一结束，他立即就元气耗尽，离开了人世。

这就是一个展现蓄势而发的非凡意志力的例子。

尽管不同的人们对于意志力的源泉、对于意志力如何影响人，以及对意志力的积极作用和局限性有着不同的看法，但大家都认同这样的看法：意志力本身是人类精神领域一个不可或缺的组成部分，甚至在我们每个人的生命中，意志力都发挥着超乎寻常的重要作用。

以不服输的形象打动命运之神

假如命运把你抛去遥远的野漠，使你的生活困苦潦倒不堪，甚至流离失所，在穷乡僻壤处漂泊，你可别自惭形秽，只要你自强不息，谁也阻挡不了你前进，你高贵的心灵是漫漫长夜的明灯，你的清平也是你廉直的见证。

人的生活多磨难，人的命运多险滩。每个人都负载着诸多的不幸，也经历着无数磨难，但坚韧的人大多数不会倒下，尤其是视困难为垫脚石的人，他们用坚韧一步一步走向成功。任何一个人要想摆脱困境，改变命运，坚韧是必备的素质。坚韧可以让苍白的脸绽放灿烂的花朵，让胆怯的眼神放射出自信的光芒。

无论你在经受着什么，都请相信，不服输的坚韧可以打败命运。

有位叫王自萍的女性，54岁。她的年龄已经是阿姨辈的人，但是她的状态，她的心态，丝毫不亚于年轻人，甚至强过年轻人。她的乐观、自信、热情，瞬时就能感动所有的观众，让人感叹。退休后，她结束了不幸的婚姻，在不惑之年闯北京。到了北京，经过不断的努力，终于做上了一家会计师事务所的经理。她感到很幸福，这幸福的来源应是——坚韧。

还有一个残疾姑娘，这个姑娘不服输，为了做一个业余歌手，她坐着轮椅跑到了北京。多不容易啊！要实现自己的梦想，一个四肢健全的人尚且要经历很多艰难，何况是一个残疾人。她有一千个不会成功的理由，但是她成功了，并最终成为了一名签约歌手。当主持人问她"上帝为什么要给你一个这样的命运"时，她说只是她活得艰难一点儿。多么有哲理的话！她的自信光彩照人。她在地铁站中的歌声是对命运的宣战；坚韧是她的武器，她可以击败任何困难。

在人生的长河中我们经常会遇到这样或那样的困难和危机，虽然日常生活中存在很多困境，但同样能迎刃而解。二三十岁的人们或许面临职场的激烈竞争、建构家庭的压力及经济基础的匮乏，事务繁多却又分身乏术；四五十岁的人们或许面临被新生力量淘汰的危机，生命坐标不再上升，却又肩负着上有老下有小的沉重生活负担；六七十岁的人们或许面临情感空巢和无所依靠，或许还正在遭遇感情危机、子女不孝、疾病折磨或飞来横祸，但人生总在继续，每一个明天并不会因为遭遇不幸而推迟，或者结束。是怨天尤人、自暴自弃，还是拾起自信和坚韧，勇敢面对，两者产生的结果绝对是不同的。

只有坚韧的人，为了坚韧而坚韧，不停下脚步，才能掌握命运，改变人生，并带给自己一生的幸福。

总而言之，人要活得自我，活得幸福，就要坚韧，因为它是一把开山的斧，一张远航的帆。

生命不会因挫折而失色

19 世纪的时候，英国劳埃德保险公司从拍卖市场买下一艘船，因为它具有不可思议的经历。这艘船 1894 年下水，在大西洋上曾遭遇 138 次冰山，116 次触礁，13 次起火，207 次被风暴扭断桅杆，然而它从没有沉没过。

但是，让这艘船名扬天下的不是劳埃德保险公司，而是到船上观光的一名律师。当时，他刚打输了一场官司，委托人自杀了。尽管他以前也有过失败的辩护，而且不是第一次遭遇当事人因败诉而自杀的事件。但是遇到这样的事，他还是有一种负罪感。他不知道该如何安慰那些遭受了人生不幸的人，他们有的被骗得血本无归，有的被罚得倾家荡产，有的因输了官司而落得债务缠身。

他看到了这艘船，忽然想，为什么不让他们来参观这艘船呢？看看这艘遭遇了无数次磨难，却永不沉没的船，也许会对他们有一些启发。于是他就把这艘船的历史抄下来，和照片一起挂在他的律师事务所里。每当商界的委托人请他辩护，无论输赢，他都建议他们去看看这艘船。

律师是用让人体会船永不沉没的精神来劝告人要坚持不懈，唯有坚持不懈才能取得成功。无数成功人士在总结成功经验时，总会提炼出4个字，那就是"坚持不懈"。在生活的大海中，我们不能去责怪生活的冷酷无情，不能去埋怨命运中的挫折，因为谁都曾跌倒过。但是，真正的人生不在于你跌倒多少次，而在于你是否具备站起来的勇气和意志。对于成功来说，有时候需要的仅是一点坚持的勇气。

两次诺贝尔奖获得者居里夫人曾经说："我从来不曾有过幸运，将来也永远不指望幸运……我激励自己，我用尽了所有的力量应付一切，我的毅力终于占了上风。"由此可见，强大的意志能够促使人们不断战胜一切困难。

巴尔扎克说："命运中的挫折和不幸，是天才的晋身之阶，是弱者的无底深渊。"一个人如果没有经受命运中的挫折的洗礼，那么他很难成功。

"巨人"史玉柱从成功巅峰跌落到凭借脑白金东山再起，在这期间经历了多少挫折我们可想而知，也正是因为命运中的挫折多了，所以意志坚定了，对人生的理解深刻了，这才让史玉柱重新爬到了成功的巅峰。如果我们也能够正视命运中的挫折，就会发现每跨过一个挫折，我们的见识、能力就增长一分，成功道路上的阻碍就少一分。

一个人所遭受的挫折对于另一个人来说，很可能只不过是一件小事，最关键的是我们在遇到挫折时，不要被吓倒。遇到挫折时，我们可以反思一下，或许别人命运中的挫折要比我们大得多，他们都能克服，为什么我不能呢？人是经过千锤百炼才成熟起来的，最重要的是吸取教训，调整自己的心态，不因失败而失信心，不因小错而失锐气，甚至也可以运用幽默、自我解嘲和阿Q的精神胜利法来宣泄积郁、平衡心态、制造快乐。

坚忍是通向成功的渡船

一个女儿对父亲抱怨她的生活，抱怨事事都那么艰难，她已厌倦抗争和奋斗，好像一个问题刚解决，新的问题就又出现了。她的父亲是位厨师，他把她带进厨房。他先往三只锅里倒入一些水，然后把它们放在旺火上烧。不久锅里的水烧开了。他往一只锅里放些胡萝卜，第二只锅里放入鸡蛋，最后一只锅里放入碾成粉末状的咖啡豆。

女儿不耐烦地等待着。

大约 20 分钟后，父亲把火关了，把胡萝卜捞出来放入一个碗内，把鸡蛋捞出来放入另一个碗内，然后又把咖啡舀到一个杯子里。做完这些后，他才转过身问女儿："孩子，你看见什么了？"

"胡萝卜，鸡蛋，咖啡。"她回答。

他让她靠近些并让她用手摸摸胡萝卜。她摸了摸，注意到它们变软了。父亲又让女儿拿一只鸡蛋并打破它。将壳剥掉后，她看到的是只煮熟的鸡蛋。最后，他让她喝了咖啡。品尝到香浓的咖啡。

女儿笑了。她怯声问道："父亲，这意味着什么？"父亲解释说，这三样东西面临同样的逆境——煮沸的开水，但其反应各不相同。胡萝卜入锅之前是强壮的，结实的，毫不示弱，但进入开水之后，它变软了，变弱了。鸡蛋原来是易碎的，它薄薄的外壳保护着它呈液体的内脏，但是经开水一煮，它的内脏变硬了。而粉末状的咖啡豆则很独特，进入沸水之后，它们倒改变了水。

"哪个是你呢？"他问女儿，"当逆境找上门来时，你该如何反应？你是胡萝卜，是鸡蛋，还是咖啡豆？"

故事中的父亲是在用 3 种东西教给女儿要坚忍不拔，因为只有这样才能战胜困难。一个有决心的人，任何人都会相信他，会对他付以全部的信任；一个有决心的人，到处都会获得别人的帮助。相反，那些做事三心二意、缺乏韧性和毅力的人，没有人愿意信任和支持他，因为大家都知道他做事不可靠，随时都会面临失败。

真正的坚强，并不意味着不害怕，不哭泣，不难受，这些，每个人都不可避免。真正的坚强主要是看害怕、哭泣、难过后的行动。坚强，应该是坚定和坚持。因为"滴水可以穿石，锯绳可以断木"。

保持坚韧的人才能笑到最后，感受成功的喜悦。其实我们许多人在事业上的失败，常常不是因为没有选准目标，也不是因为难度太大，而是因为缺乏坚强的意志和坚韧的品格。

坚韧是通向成功的渡船，是一切任重道远的有志之士必不可少的品质。无论是否要变得那么强，还是只要完成一个人心中那美丽的一些梦想即可，都需要在不断成长中不停地学习。所以不可以放弃不可以软弱不可以停止，一定要有"坚定"的心，并做出"坚定"的行为，一直"坚定"下去。

坚韧的毅力可以征服世界上任何一座高峰

人生事业之成败，除了取决于各种各样的客观条件之外，还受到一个重要因素的制约，那就是看一个人有没有毅力。

所谓毅力，指的是人们对待事业的坚韧性和持久力。如果一个人在创业的过程中有着毅力，有着锲而不舍的精神，那么，他就会取得很大的成就。反之，则不然。

人生不如意事十之八九。我们可以想到，在一个人的人生旅途中，不可能事事如意，时时顺心。每每都会碰到些沟沟坎坎，所从事的事业会受到这样或那样的阻挠。凭着毅力，迎难而上，自然能冲破重重阻碍，拨云见日。如果一个人缺乏毅力，凡事知难而退，半途而废，那么，所谓的事业对他来说，就只能是望洋兴叹了。

凭着毅力成功成名者，古来有之，今亦有之。

孔子披星戴月，风餐露宿，周游列国，传下三千弟子，造就了七十二贤人，不得不说他在我国古代教育事业上取得了不可磨灭的成就。

匡衡家境贫寒，衣食无靠，然而，他却凿壁而偷光，凭着自己对知识的渴求，凭着自己坚强的意志，最终成为了一代学者。

顽强的毅力可以征服世界上任何一座高不可攀的山峰。一个没有毅力的人，便像一个没有望远镜的天文台，怎能观测和预报人生中的风风雨雨？毅力是瀚海中的明灯，是黑暗中的光明，是激流中的顽石，你可以用它征服高峰。

一位外国的著名演说家，患有口吃，说话有困难。他想改变自己的命运，于是每天面朝大海，嘴里衔一枚卵石，练习发声。终于，他成功了，成为一名著名的演说家，创造了奇迹！他没有向生活低头，他与自身缺陷抗争，通过顽强的努力，他征服了生活这座高峰。信念无敌，毅力无敌！"咬定青山不放松，立根原在破岩中，千磨万击还坚劲，任尔东西南北风"，这是青松的毅力；傲视霜雪，怒放枝头，这是腊梅的毅力；水滴石穿，这是水珠的毅力。而囊萤映雪，匡衡偷光，羲之学书，世间又能有几人比得上他们的毅力？

也许你的力量很小，但只要你拥有了锲而不舍的毅力，便没有不可征服的高峰；也许你的智力驽钝，但只要你坚忍不拔，便没有不可逾越的障碍。

漫不经心、消极应付、故步自封、患得患失、斤斤计较，我们给自己的心灵建造了一个又一个脆弱、忧郁、迷茫的房子，住在这样的房子里，又怎么能看到房子外的似锦繁花、灿烂星光呢？

让我们胸中永远怀一轮朝日，让我们双目永远盯住前方的道路，让我们携起手来，踏上征途，用毅力去征服阻挡我们阔步的一座座高峰。

"不可能"只存在于想象之中

5 年前，小北在一家贸易公司的技术部，郁闷地挣着一份不高不低却非常稳定的薪水。他梦想成为销售员，在商场上体会攻城略地的刺激。而且，更有机会挣钱。

那年小北 24 岁，没房，没车，想把女朋友变成老婆，正需要钱。

不久，机会来了。一家国际公司在巴黎设办事处，急需人。小北编造了一段销售经历，从朋友那里现学了一套渠道销售策略，开始了他的第一笔生意——把自己销售出去。

老板是一个美国女人，名叫 Massi。她当时正被各种办理公司的手续弄得焦头烂额，无暇核实简历，居然被小北蒙混过关。

上班第一天，小北就体会到了谎言的代价——他听不懂 Massi 讲话！大量的销售术语小北闻所未闻，又不敢问，只能趁周围没人时给朋友打电话求救。

因为听不懂，对于 Massi 的问题不能迅速做出反应，几乎天天挨骂。每天回家，小北都对着墙喊叫："做不下去了！"他觉得自己不可能坚持下去，只有一个念头，坚持到转正就辞职，再去别处应聘就真有销售工作的背景了。

3 个月满，小北转正了，他发现那些销售术语自己已经明白七八成。看在薪水的面子上，小北劝自己再坚持一段时间——这时候走，只能拿基本工资。

可接下来的问题却更麻烦！Massi 简直是天底下最难相处的上司！40 岁，离婚，牙尖嘴利，工作狂。理顺税务、消防、法院等关系后，她把全部精力都用在销售上，而小北也进入了一生中最惨烈的职业生涯。

每天离开公司，小北都认为不可能回来了，但第二天又穿好西服坐在办公桌前。他告诉自己，忍耐是有价值的：一方面，在她的骂声中学到了新东西，这正是小北转行时期望的；另一方面，坚持一年，小北就是个有经验的销售员了！

一年期满，拿到一笔数额不菲的年度奖金后，小北真的决定走了。可没想到，Massi 居然通知他将成为销售小组的组长。他又一次说服自己留下来。

3 个月后，风云突变，公司合并。Massi 去了另一家公司，而小北因为在她手下磨炼出来的能力备受新主管青睐，身价不断提高。

回想当初入行时走过的每一步，度过的每一天几乎都是"不可能"的，但最后都变成了"可能"。

人就是这样，每当出现一个梦想，或是一个机会，我们会产生两种反应：一种是"这不可能"，一种是"可能"。我们需要做的是相信可能，永远别对自己说不可能！遇到事情的第一个反应是不想能不能做，而是想要怎么做。

眼睛所到之处，是成功到达的地方

戴高乐说："眼睛所到之处，是成功到达的地方，唯有伟大的人才能成就伟大的事，他们之所以伟大，是因为决心要做出伟大的事。"

成功与否首先是心态的选择。是想成功，还是不敢想成功；是坚信自己一定能成功，还是顾虑重重、悲观失望。不同的选择，其结果是不同的。只有想要成功才能成功，成功的决心大一分，其成功的可能就多一分，成功的果实就大一些，否则就不能成功或不大成功。

1965 年，一位韩国学生到剑桥大学主修心理学。在喝下午茶的时候，他常到学校的咖啡厅或茶座听一些成功人士聊天。这些成功人士包括诺贝尔奖获得者，某些领域的学术权威和一些创造了经济神话的人。这些人幽默风趣，举重若轻，把自己的成功都看得非常自然和顺理成章。时间长了，他发现，在国内时，他被一些成功人士欺骗了。那些人为了让正在创业的人知难而退，普遍把自己的创业艰辛夸大了。也就是说，他们在用自己的成功经历吓唬那些还没有取得成功的人。

作为心理系的学生，他认为很有必要对韩国成功人士的心态加以研究。1970年，他把《成功并不像你想象的那么难》作为毕业论文，提交给现代经济心理学的创始人布雷登教授。布雷登教授读后，大为惊喜，他认为这是个新发现。这种现象虽然在东方甚至在世界各地普遍存在，但此前还没有一个人大胆地提出来并加以研究。惊喜之余，他写信给他的剑桥校友——当时正坐在韩国第一把交椅上的人——朴正熙。他在信中说："我不敢说这部著作对你有多大的帮助，但我敢肯定它比你的任何一个政令都能产生震动。"

后来这本书果然伴随着韩国的经济起飞了。这本书鼓舞了许多人，因为他们从一个新的角度告诉人们，成功与"劳其筋骨，饿其体肤""三更灯火五更鸡""头悬梁,锥刺股"没有必然联系。只要你对某一事业感兴趣,长久地坚持下去就会成功,因为上帝赋予你的时间和智慧足够你圆满做完一件事情。后来，这位青年也获得了成功，他成为了韩国泛业汽车公司的总裁。

所以，人世中的许多事，只要想做，都能做到。

成功并不像你想象的那么难，并不是因为事情难我们才不敢做，而是因为我们不敢做事情才难的。所以，我们要像戴高乐说的那样，眼睛所到之处，思维的弧线伸展到的极限，就是我们成功的方向。朝着这个方向不断努力前进，就能看到成功的曙光。

第四章

诸般不美好，
皆可温柔相待

> > >

WENNUAN
SHIDUIKANGSHIJIANSUOYOU
DEJIANYING

踏实走路，让浮躁的心平静

纷繁的世界，涌动的人潮，加之一颗颗浮躁的心，是这个时代的主元素。于是，"快餐式"的文化也就有了它们的生存空间，得以在这个世界大行其道。渐渐地，我们变得浮躁起来，然后整个世界也都浮躁了起来。反观现实，我们更需要"看庭前花开花落，望天上云卷云舒"的平和心态，以此去思考生活，定位人生。踏踏实实地走好脚下的每一步，去开始充满汗水的征程，不断追逐梦的旅程。

有一个多次失意的年轻人，感到自己在工作单位很没有面子，单位的领导没有让他担任重要的职位，也没有提拔他的意思……因此，他决定出去寻求名人指点。他不远千里来到普济寺，慕名找到老僧释圆，非常沮丧地对老僧说："人生处处不如意，活着好似偷生，没有什么意思。"

释圆镇定地听着年轻人的唠叨与叹息，等年轻人说完之后，他才吩咐小和尚道："这位施主远道而来，去烧一壶温水送过来。"

过了一会儿，小和尚提了一壶温水过来。释圆捏了茶叶放进杯子，然后倒进温水，放在茶几上，面带微笑地请年轻人喝茶。杯子里冒出微微的热气，茶叶静静地浮在上面。年轻人不解地问道："宝刹为何用温水沏茶？"

释圆笑而不答。年轻人喝一口细细品味，不住地摇头："一点茶香都没有。"

释圆说道："这可是闽地最有名的茶叶铁观音啊！"

听后年轻人又端起杯子细细品尝，然后肯定地说："真的一丝茶香都没有呢。"

释圆又吩咐小和尚道："再去烧一壶沸水送过来。"

一会儿过后，一壶冒着腾腾白气的沸水被小和尚提了进来。释圆走过去，又拿了一个杯子，放进茶叶，倒进沸水，再放在茶几上。年轻人低头看去，茶叶在杯子里上下翻动，丝丝清香不觉入鼻，让人望而生津。年轻人正要端杯，释圆趁势挡开，又提起水壶倒入沸水。这时茶叶翻腾得更加厉害了，更醇厚、更醉人的茶香缕缕升腾，弥漫在禅房的各个角落。释圆如此注了5次水，杯子终于满了，满满的一杯青茶，端在手上香气扑鼻，喝上一口沁人心脾。

释圆微笑着问道："现在施主可知道，同是铁观音，为何茶味迥异？"

年轻人想了一会儿说："一杯用温水，一杯用沸水，所用的水不同。"

释圆点头道："用的水不同，茶叶的沉浮就不一样。温水沏茶，茶叶漂浮于水上，怎么会散发茶香？沸水沏茶，反复多次，茶叶浮浮沉沉，释放出四季的韵味：既有春的清幽、夏的炎热，又有秋的丰硕和冬的甘洌。芸芸众生的人世，与沏茶的道理相同，温度不够的水不可能沏出一壶好茶，同样，能力不足的人也不会处处得力，事事顺心。要想摆脱失意，最好的办法就是勤学苦练，提高自身的能力。"

释圆大师的话告诉我们，人心不可浮躁，只有平静的身心才能感悟人生的真谛。要想平静就要有固守寂寞的勇气。因为固守寂寞，可以使自己沿着自己的路，用合适的步伐走下去。如阮籍般坚守着一份旷世的寂寞，在这寂寞的环绕下，他与那群浮躁喧闹的俗士便迥然不同。

放松自己，明心净性

我们总是抱怨生活的压力太大，工作、家庭、金钱，甚至爱情本该是生活的快乐所在，却变成了背上的枷锁。如果你肯给自己松绑，你就会活得轻松很多。

无论你生活中有多少磕磕绊绊，多少不尽如人意，只要你放松自己，明心净性，任微风轻柔抚摩你的全身，任郊野空气清新着你的呼吸，所有的烦恼都缥缥缈缈了，你心灵的世界一下子变得纯净而透明。

我们知道，现代人总需要面对不同的压力，房贷、工作、生活的压力，是不是让你透不过气？其实只需要转变一下心情，化压力为动力，去享受生活，最重要的是热爱你身边的人，并从中找到乐趣，你会发现生活原来是这么美好。

通过想象一个所喜爱的地方，如大海、高山或自家的小院等放松大脑。把思绪集中在所想象东西的"看、闻、听"上，并渐渐放松，由此达到精神放松。另外一种方法是想象自己在一个封闭的密室中，这里充满了各种烦恼和压力，然后想象自己把烦恼和压力都留在密室中，自己轻松地从密室出去，享受大自然。

运动可以使人放松，简单的身体伸展对消除紧张非常有益，它可以使全身肌肉得到放松。另外，做你感兴趣的事情，譬如听听音乐，可以达到放松的目的。当然，如果你有足够的时间，短线的旅游也是不错的选择。

那么，应当如何缓解紧张和压力呢？

享受美食。一位心理学家在极度紧张时，便吃一两块米糕。他的研究表明，碳水化合物能调节大脑中细胞反应的次数，从而使全身达到放松的效果。紧张的表现如生气、易怒、注意力分散等，都可以通过这种方式得到调节。所以，他建议在极度紧张的日子里，可以多吃一些自己喜欢的零食，使体内的卡路里达到适当的水平。

进行体育锻炼。一位医生认为，在紧张工作了一天之后，适当的锻炼可以缓解焦虑和沮丧的情绪，但同时要注意不要使锻炼本身成为一种压力，即使是每天

30分钟的散步，也是如此。最好是陪着家人一起散步，效果更好。

多给自己一些时间。一位心理医生要面对没完没了的病人，还要照顾自己的孩子，她感到紧张极了。于是她便问自己：这是生死攸关的问题吗？不。接着她便改变了自己的作息时间。她认为暂时放弃那些不做也不会带来严重后果的事情，就像衣服暂时不洗也无妨一样，每天留出半小时做自己喜欢做的事情。比如说，整理一下栅栏，在假期中留出一些固定时间和家人、朋友聚会等。

别让愤怒毁了你

在生活中每个人都会遭遇愤怒，愤怒是最真实的情感。当我们感到愤怒，又觉得自己没有权利表现出来的时候，就会把它埋藏起来，然后导致了怨恨、痛苦和压力，因此，我们需要发泄愤怒。如果愤怒不能表现或发泄出来，埋藏在体内，通常会导致疾病或身体机能失调。

当我们愤怒时，我们需要发泄，但是却不能让这种情绪毁了自己。

你认为是外部事件惹恼你了，这本无可厚非。当你生某人的气时，你会下意识地认为他就是导致你心情不好的罪魁祸首。你会这样说："你烦死我了！是你把我惹毛的！"如果你这样想，你就错了，因为别人事实上不可能让你生气。是的，你没听错。

在电影院排队时，可能有冒失的少年在你前面插队。在古玩店里，可能有个骗子把假古币卖给了你。一个"朋友"可能在生意盈利分成时压榨你的那一份。你的男朋友可能明明知道你注重时间观念，可他约会时还是屡次迟到。不管你认为别人是多么的卑鄙无耻，他们都不可能惹你生气，在过去不可能，在将来也绝不可能。残酷的事实在于，你所感受到的每一丝每一毫的愤怒都是你自己引发的。

这世上没有任何事可以使你愤怒，使你愤怒的只不过是你的"愤怒想法"。即便真的发生了让人恼火的事情，使你产生情绪反应的也只能是你对这件事的理解方式。

请相信，你应该为你的愤怒情绪负责，这种想法对你最终会有好处。因为，如果你这样想，你就能控制情绪，从而可以自由地选择发怒或不发怒。但如果你不这样想，你就没法控制情绪了，那么这世上的每桩外部事件都可以把你缠得死死的，使你用尽了力气都无法摆脱。

人们在开车的时候常会被激怒，对胡乱开车的人经常表现出愤怒。下一次，当其他人不遵守交通规则令你感到很沮丧的时候，你应该采取这个办法解决：上车后向自己的车子献上爱，然后自我暗示，周围都是些很棒的驾驶员，你身边的人开车开得都很好。因为你这样相信和自我暗示，所以以后在路上，就会很少遇到开得不好的，他们都去找那些攥紧拳头大喊大叫的人了。

你的车子就像你身边的人和事一样，能反映出你自己。因此，向你的车献上爱，向马路上所有的人献上爱。你要相信，车的每个部位就像你身体的每个部位一样。

愤怒不是什么新鲜事，没有人能避免愤怒，重要的是，通过认识愤怒，把力量使用在好的方面。如果你生病了，请不要烦躁，不要对自己生气，请向生活献上爱和原谅。懂得向病人献上爱和关怀的人，也会懂得如何照顾自己。如果你做不到，就不能很好地对待自己、朋友，甚至你的家庭，你会感到筋疲力尽。当你学会了用积极的方式释放愤怒时，你会发现，生命将会发生很多美好的改变。

正视不完美，做最好的自己

在林肯当选美国总统的那一刻，整个参议院的议员们都感到尴尬，因为林肯的父亲是个鞋匠。

林肯首次在参议院演说之前，有参议员想要借此羞辱他。

当林肯站上演讲台的时候，有一个态度傲慢的参议员站起来说："林肯先生，在你演讲之前，请你记住，你是一个鞋匠的儿子。"

所有的参议员都大笑起来，为自己虽然不能打败林肯但能羞辱他而开怀不已。等到大家的笑声止歇，林肯说："我非常感谢你使我想起了我的父亲。他虽然已经过世了，我一定会永远记住你的忠告，我永远是鞋匠的儿子。我知道我做总统永远无法像我父亲做鞋匠那样做得那么好。"

参议院陷入一片静默。林肯转头对那个态度傲慢的参议员说："就我所知，我父亲以前也为你的家人做鞋子。如果你的鞋子不合脚，我可以帮你改正，我一定尽可能地帮忙。但是有一件事是可以确定的，我无法像他那么伟大，他的手艺是无人能比的。"

说到这里，林肯流下了眼泪。所有的嘲笑声全部化成赞叹的掌声……

金无足赤，人无完人。

我们不能要求任何人都零瑕疵。林肯是一位名不见经传的鞋匠的儿子，但这并不代表那有多么见不得光，而是要看自己以一种什么样的心态去看待它。如果你有一颗想要追求完美的心，这没有任何过错，但在生活中，我们注定要与缺陷、不完美相伴，甚至与完美相差甚远。

如果你总在莫名其妙地发怒，总在对自己说"我讨厌我的工作，讨厌我的家，讨厌我的病，讨厌现在的这种友谊，我讨厌得不到想要的东西，讨厌发生在身边的每一件事"，那么，美好的事物不会来到你的身边。

我们每个人都有自己的优点和长处，也都有自己的缺点和短处，缺点就去改正，让缺点努力向好的方面转化，会使你走出俗套、更新自己。常听有人说："一个人独特的缺点就是他自己最大的优点。"就看你如何去看待它了，只要我们时时看到并注意改正自己的缺点，你就极有可能出人头地、超越自己。

没有蓝天的深邃依然可以有白云的飘逸，没有大海的壮阔也同样可以有小溪的优雅，没有原野的芬芳还是有小草的翠绿，没有雄鹰的矫健也一定仍然可以有小鸟的无忧。

不论我们曾经有多消极，都可以用积极的办法来实现自己的理想。最重要的是，我们要问自己：这些经历教会了我们什么，我们能从中汲取什么意味——我们一般都不喜欢回答这些问题，但如果你对自己够坦诚，那么不妨试着深入自己的内心，你一定能得到答案。

人是不完美的，但当你能够正视自己身上的缺点，你一定能做最好的自己。

抱怨不要太多，因为那样只会伤害自己

有位哲人说："这个世界上最多的'东西'不外乎两种：穷人和抱怨，而且两者之间存在着鸡和蛋的关系——贫穷孕育了抱怨，抱怨又孵化了贫穷。人们越穷越抱怨，人们越抱怨越穷。"这句话虽然有失公允，但也有一定的道理。

事实上我们不仅"越抱怨越穷"，还会由于抱怨招致一连串的麻烦。到头来，我们反倒成了抱怨的最大受害者。

如果你老是处于怒火中烧、忧心如焚、贪得无厌等不健康的心态中，却渴望拥有一个健康的身体，那无异于在建一座空中楼阁。因为你无意中已经把疾病的种子埋在了你的心中。拥有智慧的人千方百计地试图离这些心态远些，因为这样的心态只会带来疾病，这样的抱怨只会给自己带来更多的灾难。

从前，有一个人得了难治之症，他整日整夜地为疾病所苦。为了能早日痊愈，他看过了不少医生，都不见效果。他听人说起有个远近闻名的小镇，镇上有一种包

治百病的水，就急忙赶去，跳到那水里去洗澡。洗过澡后，他的病不但没好，反而加重了。

几天后的一个晚上，他梦见有个精灵向他走来，问："所有的方法你都试过了吗？"他答道："试过了。"

"不，"精灵摇头说，"过来，我带你去洗一种你从来没有洗过的澡。"

精灵带这个人到了一个清澈的水池旁，说："进水里泡一泡，你将很快康复。"说完就不见了。

这病人进了水池，泡在水中，泡好后，他从水中出来，病痛竟然真的消失了，他欣喜若狂。这时，他抬头看见了水池旁边的墙上写着"抛弃"两个字。

这时他也醒了，梦中的情景让他猛然醒悟：原来自己一直以来恣意放纵，受害已深。于是他就此发誓，要戒除一切恶习。他履行了誓言，先是让苦恼从他的心中消失，没过多久，他的身体也康复了。

"抛弃"你抱怨的恶习吧，唯有如此，你才能获得轻松和快乐。

抱怨的本质源自人们想通过抱怨得到什么，但无论从哪一方面来说，抱怨都会让你得不偿失，后悔不迭。所以，聪明的你应该考虑用其他途径去实现自己的目标，而抱怨，只会让你成为最大的受害者。

换一种想法，多做自我反省

他是新进的职员，上班第一天，总经理便给大家召开了一个会议，主要是针对公司资源浪费严重的问题。总经理强调，以后一定要注意节约，尤其是水、电、气等能源。他在会上很认真地听，并将会议的内容逐条记录，铭记于心。

他对业务还不太熟，想在短时间内尽快地熟悉。下班后，办公室里显得十分安静，只有他还没有走，他想加会儿班，认真钻研业务。

他全神贯注地盯着电脑屏幕，丝毫没留意。不知什么时候，总经理已轻轻地推开门走了进来。看见他，先是惊讶，然后缓缓地走过去。满以为总经理会流露出赞赏的表情，谁知，总经理面无表情地绕到他身后，将墙上控制办公室20多盏日光灯的总闸关了，只剩下他头顶上的一盏小白炽灯。瞬间，宽阔的办公室处于一片昏暗中，只剩下他这里一点灯光，显得格外明亮。

从总经理的脸色上，他看不出半点欣赏，连认可也没有！他想说点什么，比如他在钻研业务，比如那些灯不是他开的，比如他还没有适应一个人学习……但总经理先说了，似笑非笑，带着很让人绝望的那种客气："打扰了，呵呵。其实呢，有些私事可以回家做的，而且也不用开那么多灯，太浪费了是不是？呵呵，你继续忙……"

他目送着总经理走向办公室门口，临出门时，总经理又回头说："对了，今天开会刚强调的吧？哦，你是新来的……"

他动了动嘴，很想冲上去为自己分辩，可经理已经消失了，那客气和关门的响声很不相符。

委屈啊！别说是一心向上，就算是忘记了关灯，就算是做私事，也用不着这样冷嘲热讽，一脸虚伪啊！在这样的上司手下，又有了如此要命的"开门黑"，往下的日子和前程可想而知了！

他想马上离开这家公司，另寻出路。不过，回家后再想想，好像失误本来就在自己——灯的总闸就在自己身后，举手之劳的事，自己没关，这是谁的责任呢？身处公司这个大集体里，什么事值得自己干，什么事又不值得自己干呢？有了失误，是逃避还是改变自己呢？

他没走。从此，在公司里，他总会随手关掉别人忘了关的灯、水龙头、空调等，有时会把不属于自己的工作也做了。只要是公司利益所需的，他都做。从小不大注意细节的他，在这里重新做人了。

一年后，他由一个小小的职员晋升为部门经理。提拔他的总经理在会上说，他工作从不推卸责任，事事为公司着想……会后，总经理笑着对他一个人说："你不知道吧，你刚来时，我对你很不感冒呢！……"

生活中，让人觉得委屈的事有很多，有些不见得是真委屈，有些很难解释，有些并不需要解释，而最好的办法是自我反省，然后采取积极行动改良自己。委屈，可以让人低落甚至绝望，但换一种想法，就可以成为火箭升空的助推器。

跌倒的地方也有风景

工作上的挫败，弄得他最近一直很忧郁。几个朋友去看望他。苦劝，没有效果。

其中的一个朋友说："我试试。"她是幼儿园老师。

她问他："孩子跌倒了一般会怎么样？"

他想都没想："哭呗。"

"没错，孩子跌倒了，往往会哭，这是我们最深刻的印象。孩子摔跤，跌倒了，是常有的事。哪个孩子不是在一次次跌倒中长大的？"

她看看他，又扫视一眼大家，继续说："我在幼儿园工作了20多年，带过成百上千的孩子。每天，我都会看到这个孩子，或者那个孩子，一次又一次跌倒。通过仔细观察，我发现，孩子们在跌倒之后的表现，很独特，很有意思。"

大家都好奇地竖起了耳朵，他也表现出难得的兴趣。

"孩子一般跌倒之后，都会四处寻找，是什么东西将他绊倒了。搞清楚是什么东西使'坏'后，他们往往会愤怒地踹它一脚。踹完了这一脚，他们的气，也就消得差不多了。

"不过，狠狠地踹一脚固然解气，也是有代价的，反作用弄痛了他们的小脚。这使他们慢慢明白，向绊倒你的东西撒气，是并不明智的。"

她呷了口水，继续说："我们一直以为，孩子在跌倒之后，都会立即爬起来。这真是一个成人化的误解。事实上，很多孩子，在跌倒之后，偏偏不立即爬起来。

"有一次，我领着孩子们在户外游戏，一个男孩被什么东西绊倒了，只见他四肢着地，很狼狈地匍匐在草地上。奇怪的是，很长一会儿他都没有爬起来。我担心他受伤，赶紧走过去，但男孩毫发未损。

"我问他：'为什么不起来呢？'他很认真地对我说：'老师，我再找找，有没有什么好玩的东西。'我看见，他的左手上，拿着几片五彩缤纷的落叶，右手握着一小截树枝，在草丛里倒腾着什么。原来他是在自己跌倒的地方，寻找自己感兴趣的东西，看看有没有意外的收获呢。多么可爱，多么富有探寻精神的孩子啊。"

朋友们面面相觑，其中几个做了父母的，更是一脸惭愧。说实话，他们的孩子在成长过程中，也是经常跌倒的，而他们除了将孩子拉起来安抚一番之外，从来没有留意过孩子跌倒之后的表现。

她环顾四周，继续说："还有很多孩子，在跌倒之后，索性躺在地上，不起来了。但千万别以为，这是孩子们在耍赖。

"有一次，两个孩子在玩耍，一不小心，互相绊倒了。我以为两个孩子要互相指责，甚至哭闹起来。没想到，两个人既没有哭闹，也没有爬起来，而是安静地仰面躺在地上。

"我好奇地走过去。两个孩子争抢着对我说：'老师，我们幼儿园的屋顶真好看啊。'我抬头看看屋顶，那是一块我几乎从没有注意过的地方。后来，我也干脆躺下来，和两个孩子一起躺着看我们的活动室屋顶，那是一个完全不同的视角，我第一次躺着看它，挂着彩条的屋顶，如此美妙，如此迷人。"

所以，在遇到挫折时，要学会在跌倒的地方欣赏风景，然后再爬起来。

每个生命都是一种行走

3000 美元环游世界，你相信吗？

许多人会肯定地说那是不可能的事，然而有人却做到了，他就是曾留学英国的 31 岁的朱兆瑞。

2002 年，朱兆瑞在英国留学时无意中从《卫报》上看到了一则启事，大意是《卫报》要招募两名年轻人进行环球旅行，一个人向东走，一个人向西走，所有的费用都由报社支付，唯一的条件是旅行者需每天向报社交一篇文章。这则启事勾起了他的环球旅行梦。

在一次和英国学生酒后打赌后，MBA 还没毕业的朱兆瑞怀揣 3000 美元开始了他的环球旅行。为了最大限度地缩减开支，他将所学的知识运用到实践中，制订了周密的旅行计划，设计了合理的旅行线路。

这 3000 美元的费用环球旅行并不是我们所想象的睡车站、码头、节衣缩食的自虐般旅行。

每到一个国家他都会吃一些有特色的食物。具体算下来，他每天的吃饭费用在 10 美元左右。有 30%的时间住的是青年旅馆，40%是星级酒店，其余大部分时间他住在朋友家。

靠着这种科学合理的方式他游历了世界 28 个国家和地区，并参观了多个世界 500 强公司。

更令人难以置信的是，在他环球旅行中有一张最便宜的机票，从布鲁塞尔到伦敦，折合人民币 8 分钱！

环球旅行结束后，朱兆瑞写了一本名为《3000美金，我周游了世界》的畅销书。

他签名售书时，面对众多媒体和好奇的读者说得最多的一句话是：用勇气去开拓，用头脑去行走，用智慧去生活。

他用实践告诉我们：一个人只要有勇气和梦想，环游世界就可以变成现实！

生活中似乎存在这么一种事实：在我们确定一个目标，还没有行动之前，我们头脑中早已形成的太多不可能已像枷锁一样禁锢了我们的勇气、信心和智慧，使许多原本可以实现的目标成为不可能。其实，在我们抵达目标之前，许多的不可能只存在于我们的想象当中。我们应该告诉自己：没有绝对的不可能，只有相对的不可能，只要付出勇气，坚持目标，发掘自身的智慧，就能与成功握手！

用自己的思维方式行走，有了拼搏的勇气、力量和渐渐挺拔的脊梁，学会了理性、客观地营造自己的人生和接受一切来自工作的收获和付出。我们殚精竭虑地工作着而又心安理得，常以平常之心、淡泊之心去应对那复杂的社会，从而获取自己人生的最大价值。

我们选择不了生命，但我们可以选择走过生命的方式。做人要有几分淡泊，清风细雨，同样有韵致，有诗意；做事要几分从容，俯仰之间，依然洒脱，依然随意。不刻意，不虚伪，没有万卷诗书的熏陶，我们有的是简单岁月的朴素；没有历练沧桑后的成熟，我们有的是宠辱不惊的坦然。

下雪天，赏雪天

山有峰巅，也有低谷；水有平缓，也有漩涡。人生之路也是一样，波峰波谷，风雪交加，变数之大……静坐灯下，常常暗自思忖，面对生活中的痛苦，既然逃避不了，不妨多一颗忍耐的心，在寂寞中悄悄积淀。即使是在人生的风雪里，也当成是风景来观赏。

曼德拉因为领导反对白人种族隔离的政策而入狱，白人统治者把他关在荒凉的大西洋小岛罗本岛上27年。当时曼德拉年事已高，但看守他的狱警依然像对待年轻犯人一样对他进行残酷的虐待。

罗本岛上布满岩石，到处是海豹、蛇和其他动物。曼德拉被关在集中营里的一个锌皮房，白天打石头，将采石场的大石块碎成石料。他有时要下到冰冷的海水里捞海带，有时干采石灰的活儿——每天早晨排队到采石场，然后被解开脚镣，在一个很大的石灰石场里，用尖镐和铁锹挖石灰石。因为曼德拉是要犯，看管他的看守就有3人。他们对他并不友好，总是寻找各种理由虐待他。

谁也没有想到，1991年曼德拉出狱当选总统以后，他在就职典礼上的一个举动震惊了整个世界。

总统就职仪式开始后，曼德拉起身致辞，欢迎来宾。他依次介绍了来自世界各国的政要，然后他说，能接待这么多尊贵的客人，他深感荣幸，但他最高兴的是，当初在罗本岛监狱看守他的3名狱警也能到场。随即他邀请他们起身，并把他们介绍给大家。

曼德拉的博大胸襟和宽容精神，令那些残酷虐待了他27年的白人汗颜，也让所有到场的人肃然起敬。看着年迈的曼德拉缓缓站起，恭敬地向3个曾关押他的看守致敬，在场的所有来宾以至整个世界，都静下来了。

后来，曼德拉向朋友们解释说，自己年轻时性子很急，脾气暴躁，正是狱中生活使他学会了控制情绪，因此才活了下来。牢狱的寂寞岁月给了他时间与激励，也使他学会了如何处理自己遭遇的痛苦。他说，感恩与宽容常常源自痛苦与磨难，必须通过极强的毅力来训练。

获释当天，他的心情平静："当我迈过通往自由的监狱大门时，我已经清楚，自己若不能把悲痛与怨恨留在身后，那么我其实仍在狱中。"

没错，面对生活中的磨难，如果不能以忍耐和豁达的心胸面对，那么我们只能一直生活在痛苦当中。在生活中，很多人都不能放下心中的痛苦，他们觉得是命运的薄待，让他们感受到了诸多痛苦。所以，他们愤恨，他们抱怨，甚至还会想到要报复。

可是，即便我们把心中的痛苦都发泄出来，我们仍然没办法减轻痛苦，因为我们不曾放下。所以，与其让别人加入我们的痛苦，不如我们自己释怀，看淡得失。下雪天，赏雪天，人生没有什么大不了。

第五章

以自己喜欢的方式，
慢慢来

> > >

WENNUAN
SHIDUIKANGSHIJIANSUOYOU
DEJIANYING

快乐的本质在于放下

迪克曾经是世界上最快乐的乞丐。当有人问他为什么会这么快乐时，他说："我为什么不快乐呢？我每天都能吃得饱饱的，有时甚至还能讨到一截香肠；我每天还有这座破庙可以挡风遮雨；我不为其他的人做工，我是自己的上帝。我为什么不快乐呢？"迪克这样回答那些羡慕他的人。

突然有一天，他在路上见到了金币，第一天是一枚，往后却越来越多。迪克开始改变了，他每天都巴望着新的金币，对从前很满足的剩饭再也不屑一顾。他开始变得患得患失忧心忡忡，直到有一天，一个富商来到庙里，对他说："迪克，是你的快乐救了我。3年前，我在一次买卖中赔尽了家产。我正准备自杀，刚好见到了快乐的你，我明白了身无分文的人也能快乐地生活。后来，我东山再起，赚了很多钱。那一次，我带着 99 块金币出来游玩，见到你，就把钱丢到了你要走的路上。可是你现在为什么还做乞丐呢？为什么不快乐呢？生了病为什么不拿钱去看医生呢？"

此时的迪克已经不快乐了，他因为每日巴望着金币而耗尽了力气。

这个故事其实告诉我们，人生的快乐并不取决于得到的多寡，有时甚至是相反的。

快乐的本质也不在于得到，而在于放下。

人的需要是无穷尽的，满足了第一需要，就会有第二需要；满足了第二需要，就会有第三需要……"得到"是一个永远不会停止的概念，"此山常望那山高"，一个个愿望满足了，一个个愿望又滋生了，所以，"得到"的快乐是短暂的，唯有放下，才会有真正的坦然与轻松。快乐源于知足，知足却源于放下，放下得越多，就越容易知足，知足常乐！

也许，我们心底都有着一种美好的愿望，我们都很想执着于一件事，执着于一份爱，执着于一种感情。但是，当这种执着是一种错误的时候，我们应该学会放弃，尽管我们是那么的不情愿，是那么的无奈甚至痛苦。放弃是被迫的，要想得到真正的轻松和快乐，还必须学会放下。

在人生的旅途中，我们必须放下许许多多的包袱和牵绊，也许，这包袱里藏有你许许多多不舍之物，也许，这牵绊连着你刻骨铭心的情感，然而，当你负重得苦不堪言、举步维艰的时候，尝试着放下一些东西吧。割舍是疼痛的，疼痛过后却是轻松！而一些悲情、虚荣、怨恨，更是我们心中的垃圾。唯有放下，才能换来一片明朗的天。

放下的过程，也是得到的过程。放下了沉重，你就得到了轻松；放下了浮躁，你就得到了宁静；放下了虚假，你就得到了真实；放下了装饰，你就得到了本真，放下了结果，你就享受了过程……

适时适当地放下，收获的将是一个坦荡快乐的人生！

行动起来，为自己赚取快乐

快乐并不是空等来的，不是被动地期盼来的，而需要你具有快乐的能力，获取快乐的意图，并能积极地参与。

显然，快乐是一个实实在在的动词，一种行动中的状态，一个没有终点、在此时此刻迸发光芒的过程。我们要把快乐目标化、步骤化、动作化。想要快乐，需要行动！这是新时代的人最强有力的内心宣言和必备素质。如果你觉得自己现在还不够快乐，那可能是因为你的行动力还不够。

有一个流浪汉，日思夜想能过上快乐的生活。一天晚上，他梦见了观世音菩萨。观世音菩萨告诉他说："有件大事就要发生在你的身上了，你会有机会发一笔大财，在社会上获得卓越的地位，并且娶到一位漂亮的妻子。"

这个人很高兴，以后的日子，他每天都在等待着这个奇异的承诺变为现实，可是却一直没有什么事情发生。这个人在穷困潦倒中度过了他的一生，最后孤独地老死了。临死前，他又看见观世音菩萨了，他十分委屈地对菩萨说："你说过要给我财富，很高的地位和漂亮的妻子。为此，我等了一辈子，却什么也没有得到。"观世音答道："我没有说过那种话。我只是承诺过要给你机会得到财富，一个受人尊重的社会地位和一个漂亮的妻子，可是你让这些从你身边溜走了。"

这个人迷惑了，他说："我不明白你的意思。"观世音答道："你还记得你曾经有一次想到一个好点子，可是你没有行动，因为你怕失败而不敢去尝试吗？"这个人点点头。观世音菩萨继续说："因为你没有去行动，这个点子几年后被另一个人想到了，那个人毫无畏惧地去做了，你可能还记得那个人，他就是后来变得十分富有的那个人。还有，你该记得，有一次发生了大地震，城里的多半房子都毁了，好几千人都困在倒塌的房子里，你有机会去帮忙救助那些存活的人，可是你害怕小偷会在你不在家的时候，到你家去打劫偷东西，你以这个作为借口，故意忽视那些需要你帮助的人，而是守着自己的房子。"这个人不好意思地点点头。

观世音说："那是你去救助几百个人的好机会，而那个机会可以使你得到多大的尊崇和荣耀啊！"

"还有，"观世音继续说："你记不记得有一个一头乌发的漂亮女子，你曾经非常强烈地被她吸引，你从来不曾喜欢过一个女人，之后也没有碰到过像她那样的好女人。可是你想她不可能会喜欢你，更不可能会跟你结婚，你因为害怕被拒绝，就让她从你身边溜走了？"这个人又点点头，可是这次他流下了眼泪！

观音菩萨说："施主，就是她！她本来该是你的妻子，你们会有好几个漂亮的小孩，而且跟她在一起，你的人生将会有许许多多的快乐！"

由此可以看出，把握成功与收获快乐，需要我们在机会面前采取更多的行动。机会是要创造的，每个偶然里都会有必然。许多聪明人，知道以必然创造偶然，再以偶然创造必然。

萧伯纳说过，保持快乐的秘诀之一就是让自己忙起来，使自己没有时间去想自己到底快乐不快乐。行动可以带给一个人自信和快乐，当你发觉自己不快乐时，不妨试着从身边的小事做起。当你忙起来的时候，你的心情也会随着行动豁然开朗。

生活和工作同样重要

可口可乐的执行官在一所大学的开幕典礼中讲道："我们可以想象生命是一场不停丢掷 5 个球于空中的游戏。这 5 个球分别为工作、家庭、健康、朋友和心灵。游戏的规则是，你要很努力地掷着这 5 个球，不让它们落地。很快，你就会发现，工作是一个橡皮球，如果你不幸失手落下它，它还是会弹回来。"

"但是家庭、健康、朋友和心灵这 4 个球是用玻璃做成的，一旦失手落下，它们就有可能会被损坏，留下无可挽回的记号、刻痕，甚至碎落一地，它们将永远不会跟以前一样。你必须了解这个道理，并且致力于为平衡你的生命而努力。但要怎样才做得到呢？

"别拿自己和他人比较，这只会降低你原有的价值。因为我们都是独一无二的，因为我们每一个人都很特别。别人认为重要的事你未必应该列为遵循的目标，只有你才知道什么最适合你。不要将贴近你心的人、事、物视为理所当然的存在，你必须将他们视为你的生命好好地抓牢他们。没有他们，生命将失去意义。别让你的生命总在依恋过去种种或是寄望未来中逝去。如果你活在每个当下，你就活出了生命中的每一天。

"当你还能给予的时候别轻言放弃。只要你不放弃，就有无限延伸的可能。别害怕承认你并非完美，正因如此，我们才得以通过这脆弱的细丝紧密地串绑在一起。别害怕遇到危险，正因如此，我们才得以通过这些机会学习勇敢。别把找到真爱太难当借口，而紧闭你的心门，最迅速找到爱的方法就是散布你的爱；最快速失去爱的方法就是紧紧地守着你的爱不放；维持爱最好方式就是给它一双翅膀。"

生命不是一场赛跑，而是一步一个脚印的旅程。工作是生活的一部分，工作是为了更好地生活，二者是辩证统一的关系。关键是尺度的把握和个人的心态及原则。

那些经常出现于杂志上的工商业成功人士都坚持认为，"工作与生活，二者兼得"是可以做到的。有些商界领袖每天在固定时段内稍事休息，类似午睡，通常是在午饭之后。他们把门关上以免受到打扰。短暂的半睡眠状态（大概只有10分钟），能起到恢复体力的效果。且在周末选择陪陪家人并不是一件很难的事情。

工作很重要，它和我们的生存以及生活质量息息相关。但是生活也很重要，因为它与我们密不可分。

如果只强调工作，而忽视了生活，很容易在长期超负荷的"工作狂"状态中将自己的生活变得面目全非，变得越加懒散冷漠，忽视家人的感受，缺乏付出和获得爱的能力。

平衡好生活与工作的关系，我们才不会得不偿失。毕竟，家庭、健康、朋友和心灵是玻璃球，是需要捧在手心小心呵护的。

以安详的心态体会喜怒哀乐

马德尔·杰林德休假前，想出去走走，选了一个自己觉得还不错的目的地，征求朋友们的意见。正好，他有3位朋友都去过那个地方，于是大家说开了。

一位朋友说："一点意思都没有，饭菜不好吃，宾馆里又没空调，半夜静得连鬼叫都听不到，而且居然连机器麻将都没有，还得玩手动麻将。我劝你别去！"

另一位朋友说："那里一般化，所有旅游景点该有的东西都有，山还算清秀，树也不错，只是太冷了一点，没去玩过可以去玩玩！"

第三位朋友的意见却与前两者完全不一样，他很兴奋地说："那个地方你一定要去，那里的山道，是明朝的石头砌成的，上面已印下了千千万万的足迹；路两旁，千年以上的古树随处可见；树间，鸟儿和松鼠还有许多不知名的小动物跳进跳出；山间草丛和石缝里，时不时有清洌的泉水溢出来，那绝对是真正的无污染饮料。"

他又接着说："山上有一家农户，专门养牛的，所有的牛吃的是中草药喝的是矿泉水，挤出来的奶鲜香得让你喝完一杯想下一杯。夜里，在大山间搭帐篷，星星挂满天，萤火虫绕身边，像梦幻一般。而清晨，一轮朝阳从云海中升起，让你觉得如神仙般高居在天上。你如果不去，一定会后悔的！"

其实，他们 3 位是一起去旅行的，只是过程不一样。

第一位朋友到了那里之后，就邀约好友一起打麻将去了，这是他唯一的爱好。无论在家里，还是在游览名山大川，对他来说都一样。旅行，无非是换个地方打麻将而已。

第二位朋友是坐缆车上山顶的，他记忆中的风景是遥远而高高在上的，缺乏过程与细节，而且，由于没有付出必要的体力，因而，他所获得的感受，也过于平静客观，仿佛置身于风景之外，像在看一幅画那样，缺少质感、温度和气息。

而第三位朋友，他是个驴友，背着他那装着相机、睡袋和帐篷的大包，沿石阶一步步走到了山顶，眼中看到了所有风景的细节，感受到此处与别处的不一样。而且，因为有包括饥渴、疲倦等负面感受的刺激，从而对香甜、愉悦、清新等正面知觉感受更深。他眼中的风景，是全方位的、天人合一的，是属于他一个人的独特感受，与由别人设定和安排的旅行，完全不一样。

我们每个人的人生就是一次旅行，一些人永远待在原地，过着机械的简单重复的生活；另一些人则坐在缆车上飞来飞去，遥远而飘忽地活着；而总有那么一些人脚踏实地地活着，他们以安详的心态，去体会和感受属于自己的喜怒哀乐，把酸甜苦辣都当成一种必需的体验，去品尝和咀嚼整个过程留下的余味。这样的人生才充满乐趣、快乐和幸福。

留出时间，与自己的心灵对话

小张有份特殊的爱好，那就是与自己的心灵对话。

年轻时，小张刚刚参加工作，场领导决定让他和其余 4 个年轻人去森林深处做护林员。他愉快地背着行李进驻到了莽莽原始森林的深处。

那是怎样原始而远离尘世的森林啊！每一棵树都生长了几百年，林间的落叶堆积得厚厚的，弥漫着一缕缕远古的腐殖质的腥味，许多粗大的树干上都生满了斑斑驳驳的青苔。那些草鹿和狼等动物还没有见识过人，它们对他一点儿也不害怕，只是好奇地远远地望着他。

他们每一个人看护的林地有方圆 30 多公里那么大，林区没有一户人家，也没有一条路，到这里生活，自己像突然被抛弃到了世界尽头，一下子成了原始人。

临走之前，熟悉的人对小张说，到原始森林里去生活，最重要的是要时常记住自己和自己说话，要不，三年五年过去，一个人就连话也不会说了。

当时，小张听了，心里觉得很好笑，一个说了 20 多年话的人，怎么可能突然不会说话呢？

但刚到这原始森林里生活了半个月，小张就明白了，他的朋友并不是杞人忧天。因为这里远离尘世，没有人和他说话，来了半个月，除了自己面对莽莽林野吼过几首歌，自己连半句话也没有说过。如果这样下去，总有一天，自己肯定会变成一个不会说话的哑巴的。小张害怕了，于是，他开始尝试着同自己说话。

小张对着自己的影子说："你好！"他对着大树滔滔不绝地说话，对着林间啁啾的小鸟说话，对着林地里的小草和野花说话，对着汩汩流淌的小溪说话。夜里，躺在窝棚里，他一个人对着自己的心灵说话。

开始的时候，任小张怎么说，自己的心灵只是那么默默地倾听，一句话也不回，一点反应都没有。过了一段时间，小张发觉心灵会同自己对话了，就像一个耐心的朋友，有时他说话，他的心灵在倾听；有时，他的心灵在说话，他的耳朵在倾听。

两年多后，小张和其他 4 个护林员回到林场里，他惊讶地发现，除了自己，他们 4 个人已经不会说话了。别人同他们说话，他们只是沉默地瞪着眼睛听，然后不声不响地转身走了，成了并不残疾的哑巴。

但小张却不同，他不仅话语流畅，每句话都清新，并且充满哲思。后来他用笔把自己的话记录下来，成为字字珠玑的灵性散文，频频发表在报纸杂志上，他成了一位小有名气的作家。

人们很奇怪，同样是在大森林形影相吊地孤独生活，那些人成了哑巴，而他却成了一位充满哲思的作家。人们问他为什么，小张笑笑说："因为我常常和自己的心灵对话，而他们却没有。"

事实上每一位伟人都是常常和自己的心灵对话的，我们要明白，只有和自己的心灵经常对话，我们才能够听到发自心灵的智慧的声音；只有和自己的心灵对话，我们才能够听到生命和灵魂的声音；只有和自己的心灵对话，我们才能够常常自省，才能听见自己渐渐走近成功的声音。

多看看镜子外的世界

有一个人，他在年轻时拼命赚钱，老年时终于实现了自己的梦想，成了一个富翁。可是物质丰富的他，并没有因为达成梦想而感到发自内心的快乐。他的一个经营石榴的朋友，反而过着平凡快乐的生活。对此他十分不解。

有一天，这位富翁很不经心地问他的朋友："我的钱可以买 100 个花店，可是为什么我却没有你快乐？"

朋友指着旁边窗子问："从窗外你看到了什么？"

富翁说："我看到很多人在逛花园。"

朋友又问："那你在镜子前又看到了什么呢？"

富翁看着镜子里憔悴的自己说："我看到了我自己。"

"哪一个风景辽阔呢？"

"窗子外当然看得远。"

朋友微笑着说："就因为你活在镜子的世界里呀！你把面上的那层水银剥掉，你就会看到全世界。"

一个苹果吃了就没有了，正如今天过去了就不会再回来。但是将快乐传递给别人，别人也会快乐，它会感染每一个人。快乐是需要分享的。

每天清晨打开窗户，呼吸一下新鲜空气，享受一下温暖的阳光，心里满满的都是快乐。每一天，我们都应该快乐，每一刻，快乐都可以分享。

沐浴在清晨的阳光中，听着鸟儿清脆的歌唱，享受着温柔的微风，我们就在分享这清晨的快乐。快乐其实很简单，但是，分享更简单。

分享快乐可以从身边的每一件小事做起，与家人一同游玩，与同学一同歌唱，与老人一同谈天，我们都可以分享生活中的点滴快乐。

快乐来自对所做事情的看法和认识。同样是扛重物，扛行李的人和运动健身的人感觉就是不同，扛行李的人往往认为是苦难，他们想方设法减轻重量。健身的人认为是快乐，他们会尽可能地增加负荷。爬楼梯和登山如此，同事挑毛病和指点也是如此。观念的转变往往是快乐的来源。

快乐是做自己应该做的事。自己想做的事往往是自己应该做的事。做好这些事情，往往人能够得到很大的满足。

快乐是做好自己能做的事。做好这些事情，就能够一点一点地充实人的信心。

连一无所有的人都可以快乐，我们为什么不能？

有太多的挂牵，就不容易领略快乐。可以说，是过多的羁绊使我们闭上了发现快乐的眼睛。

快乐不但是自向的，同时可以感染环境，感染他人。快乐的人更能够得到社会的接受，也更容易建立和谐的人际关系。

很多人都误以为，名人没有烦恼，或者说成功人士快乐会多一些。其实，快乐与否与金钱没有关系，与成功没有关系。那只取决于健康向上的心。乐观、上进、宽容的人容易快乐。

做人的快乐是时时肯定自己。这可以通过将目标的适当分解增加任务完成的可能性，从而增加对自己的认可。这个方向的极限就是完全的快乐。

做自己喜欢做的事

很多人，面对生活，总是唯唯诺诺，不敢直接表达自己的情绪，也不敢去做自己真正希望的事情，他们找了一堆借口来掩藏自己。可实际上，这样的人，都不幸福。

在短暂的一生中，能够做自己真心想做的事，说想说的话，不随波逐流，真实地面对自己，尊重内心的感受，是人生一大快事。

当年爱因斯坦是这样向别人解释相对论的：当一个小伙子独自一人坐在温暖的火炉旁时，他会觉得昏昏欲睡，仿佛一分钟就像一小时那样漫长。而当他和一个美丽的姑娘坐在冰天雪地里的时候，他会觉得时间飞逝，一小时就像一分钟那样短暂。虽然这只是一个幽默的例子，但这说明了一个道理：做自己喜欢做的事，你会觉得快乐无比，激情万丈，信心十足。这就是意愿和情感的作用。

台湾艺人张艾嘉在青春年少的时候，因为没有人认为她是美女，所以上镜的机会少之又少，最窘迫的时候每天身上只有几元钱。但她利用闲暇来了解自己，到底自己真正喜欢的东西是什么。后来，她发现自己不只喜欢表演，更喜欢幕后的东西，这也造就了她日后的成功。她任性不羁，过得轰轰烈烈。她总是说，因为做着自己喜欢的事，所以再大的辛苦都是心甘情愿的。她从毫不掩饰自己的满足："我很幸福，而幸福的秘诀是'不贪婪，永远做自己喜欢做的事'。"

能够做自己喜欢的事情，不论成败，都是让人开心的。

盛唐诗人李白曾经被皇帝召进朝廷，但当他看到了朝廷的奢淫、腐败之后，毅然离开长安，坚决不再为朝廷鞍前马后。他在《梦游天姥吟留别》中写道："世间行乐亦如此，古来万事东流水……安能摧眉折腰事权贵，使我不得开心颜？"被皇帝赏识，是过去的才子佳人做梦都企盼的，但是李白看透了生命的真谛，如果不能做自己开心的事情，即便是荣华富贵又如何？

世间行乐亦如此，古来万事东流水。短短的一生中，让自己快乐才是最重要的。

我们经常发现，在做自己喜欢的事情的时候，劲头特别足。人，一定要做自己想做的事情，这样才会有充沛的精神。有时候能做到这一点很难，但是起码应该去争取，而不是轻易地放弃，因为只有当我们去做自己想做的事时，才能从中得到快乐，才能快乐地活着。

所以，别再浪费时光在迷茫和犹豫中了，去寻找属于自己的幸福吧。

体会独处的快乐

生活在这纷扰喧嚣的世界，有时真的需要有自己独处的空间。独处可以放飞自己的心灵，什么都可以想，什么都可以不想。一人独处，静美随之而来，清灵随之而来，温馨随之而来。一人独处的时候，贫穷也富有，寂寞也温柔。

一个人独处的时候，可以自由地漫步到水边，伫立在无声的空旷中，感受那一份清灵。让心灵远离尘嚣纷乱的世界，默默地体验花香，聆听鸟鸣，欣赏自然带给自己的乐趣，静静地沉浸在自己的遐想中，不要谁来做伴只有自己。抬头仰望天边云卷云舒，让心儿随着自己无边的思绪飘飞。此时，这个世界属于你，你也拥有了整个世界。

捧一杯香茗，在氤氲的缭绕中慵懒地翻阅一本好书。在这份难得的宁静中，去书中解读关于生活情感的文字。此刻，孤独成为一支空灵的竹箫，悄悄地流淌着轻柔的曲调。善于品味孤独的人可以被书中的人物打动，静静地流泪。只有这个时候，可以大大方方地卸掉生活的面具，返璞归真，不带任何伪装；抑或微笑，这笑也是甜甜的，是久蓄于心的一份无法表达的秘密。

播放轻缓的温柔的经典小夜曲，静静地赖在床上，什么都不想。只让自己沉浸在营造出的难得的氛围里。让身心在此刻回归本真，默默地享受音乐带给心灵的栖息，让音乐诠释着对浪漫的渴求。

背上简单的行囊，到向往已久的地方去吧。不需要与谁为伴，只是给自己一个人一段旅程，可以天马行空，自在逍遥。也许你会如孩童般滚过一片青青的草地，痛快地大叫一声，寻回儿时的天真与顽皮。

有一次，紫宵垂头丧气地从外面回来。忘川很惊讶，问他为什么不高兴。紫宵说别的朋友都玩得很起劲，只有他一个人待在那儿，心里很难受。

忘川本想安慰他几句，但当时他不知说什么好。如果告诉他，那很正常，最好的往往是最孤独的，他才10岁能理解吗？

忘川也曾有过相似的经历。几年前，忘川与几个朋友在乡下路过一个小水塘，几位朋友提议要下水去摸鱼。忘川说，你看这是死水，全是积的雨水，又清澈见底，根本就没有鱼。可是他们不听劝阻，纷纷卷起衣袖、挽起裤腿下了水，唯有忘川默默地坐在岸上看着他们。一会儿，伙伴们没有摸到一条鱼，衣服上倒沾上了不少泥水，可是他们在水里摸来摸去的，欢声笑语不断，而忘川却越来越感到孤单。两三个小时过去了，他们才两手空空地上来，嘴里不停地调侃着、咒骂着，但忘川感到他们在这段时间过得很快活，而他只能独守着自己孤单的心。

此后，尽管在生活中忘川又经历了不少类似的事，固执的他仍一如既往地独守这份孤单，因为他深知，最好的往往是最孤独的。一个人要想成功，必须能够承受孤单。

孤独，是一种状态，只要你有意识地面对自己，自己和自己对话，自己去寻找自己，你总在独处着。

如果你对自己的一切非常了解，就表示你有了清楚的自我概念。如此你就敢于面对自己，敢于做深层自我解剖的探索。因而在独处时，你就会觉得坦然、充实。

独处的人对人对己都有一个客观而公正的态度。通过独处这一主动的、有力的处世手段，能够更有效地面对现实，迎接挑战。

我们很难想象，一个不会和自己相处的人，怎么可以很好地与他人相处；一个连自己都听不懂的人，怎么能够听懂别人；一个不尊重自己的人，怎么能够去尊重他人。

人应该腾出时间独处，因为它给以我们闲适、轻松和自我反省的机会。更重要的是，它提供陪伴自己的机会，让自己享有自在感。一个人若不懂得与自己相处，就会急于逃避独处的无奈，因而会有许多错误的行径。身处喧闹、浮躁、高楼大厦林立的都市里的人们更应该找出时间独处，享受一份属于自己的心灵时间。

生活繁重，我们都应在尘世的喧嚣中，找到属于自己的那份难得的静谧，在疲惫中给自己心灵一点小憩的时光，自己解剖自己，自己鼓励自己，自己做回自己。

很多时候，在我们眼中，孤独就像是一望无际的沼泽繁芜错乱，就像沙漠中的海市蜃楼变幻莫测。但不管我们在孤独中发现了什么，看到了什么，我们都必将为这份收获而欣慰、喜悦。

第六章

明媚从容，
不攀附，不将就

〈 〈 〈

WENNUAN
SHIDUIKANGSHIJIANSUOYOU
DEJIANYING

可以羡慕，但不可以忌妒

忌妒是一把利剑，终将伤害自己。

有个人饲养着山羊和驴子，主人总是给驴子喂充足的饲料，给山羊的却很少。

嫉妒心很重的山羊便对驴子说："你一会儿要推磨，一会儿又要驮沉重的货物，十分辛苦，不如装病，摔倒在地上，便可以得到休息。"

驴子听从了山羊的劝告，摔得遍体鳞伤。

主人请来兽医，为驴治疗。

兽医说要将山羊的心肺熬汤作药给驴喝，才可以治好。

于是，主人马上杀掉了山羊，取了山羊的心肺为驴子治病。

山羊和驴子的使用价值不同，山羊忌妒的对象是主人倚赖甚深的生产工具，主人怎么能够坐视驴子受伤？

忌妒有能力且受他人重用的人，对自己是不利的。像这个故事，就算兽医不用山羊的肺来医治，驴子也会说受伤是山羊的主意。山羊长成后，不是被杀来食用，便是被卖给商人，主人当然不惜牺牲一只山羊了。因此，除非你也受到倚赖，否则"忌妒"这支利箭一定会反弹向自己。就算你的地位和对方同等重要，"忌妒"也不会对你有任何好处。想想看，这值得吗？

或许你有这样的感觉：别人的成功，别人的幸福，别人的春风得意，让你突然很失落。即使你表面上比较平静，但内心同样是波涛汹涌，感觉有一种无形的东西被摧毁了。这就是悄悄在你内心滋生的忌妒之情。

你可以羡慕，但不可以忌妒。羡慕是看到别人拥有的，希望自己也拥有，是一种积极向上的精神；而忌妒则是对比自己好的人，心怀憎恨之情。古人说"心贼最为灾"。无论一个人多么聪明，如果染上"忌妒"的病毒，其所作所为就容易失去理智。

忌妒是人的一种心理活动，其表现特征是，见不得别人比自己强。当别人有好事时便心里不平衡，不是怒气冲天，就是嫉恨在心，甚至寻找机会报复，以求一逞而后快。

但从无数事实来看，这样的忌妒之人往往"快活"不了，因为公道自在人心，一个人再忌妒也没有用，到头来还是自己受伤。

俗话说："人比人，气死人。"正确的做法是，对人要宽容、要包容。别人进步了，不是以损害你为基础，心存忌妒有何用？要善于学会容纳。容纳了这些于自己一点无损，倒是自己健康心理的体现。再说了，世界之大，人数之多，比自己强的人有的是，若总是忌妒能忌妒得过来吗？

拒绝骄傲的内心

人的骄傲，如同水中的芦苇，刚刚在这边被风压得低下头来，却在另一边偷偷抬起高傲的头。骄傲的人往往没有真才实干，有时他们惧怕别人戳穿自己。骄傲的人惧怕他人的批评，他深知自己的骄傲和伟大只是一个暂时吹起来的气泡，他人只要在这气泡上稍微戳上一个小洞，就会使它破裂。

左宗棠喜欢下围棋，而且棋艺高超，一直难觅对手。

一日，左宗棠微服出游，来到一乡间小路上，看见路边悬挂着"天下第一棋手"的旗帜，旁边有一老翁正在布棋。

当时前线吃紧，左宗棠即将率兵奔赴新疆平定叛乱，但他平时下棋就难觅对手，自视甚高，如今竟然有这么一个狂妄老翁，就决心与老翁对弈，一决高下。

于是左宗棠便与老翁鏖战起来。仅仅几手下来，左宗棠便感到老翁的棋艺高深莫测、杀机重重。尽管这样，左宗棠总能化险为夷、绝处逢生，几局下来，竟然连战连捷。

左宗棠自是得意扬扬，说："天下第一也不过尔尔！"

老翁羞愧难当，当即撕下"天下第一棋手"的旗帜，掩面离去。

此后不久，左宗棠从前线得胜归来。他故地重游，居然发现"天下第一棋手"的旗帜又在迎风飘扬，老翁还在下面布棋。左宗棠大是不快，决心再教训教训这个不知好歹的老头。

鏖战开始，老翁布棋还是那样变幻莫测、暗藏杀机，但是这次不论左宗棠如何奋力顽抗，结果却是连连战败。左宗棠不服，约好次日再战，结果还是屡战屡败，他输得心服口服。

左宗棠大感困惑，短短时间，为何老翁的棋艺进步神速？于是问老翁："先生前次为何败于我？"

老翁微微一笑，说："左将军鼎鼎大名，世人皆知，尽管您是微服出游，老朽也能认出您来。

"前次左将军行将出征，重任在肩，老朽恐挫公锐气，且对弈时也多有暗示棋场如战场，风云多变，遇到险境，须有信心方能扭转战局，转败为胜。

"今日左将军得胜归来，未免有些心高气傲。挫您锐气，是恐您骄傲自满、得意忘形，这于国于民不利，因此老朽也就不能让您了……"

左宗棠听后感触良多，当即鞠躬拜谢老人，感慨道："先生不仅棋艺高超，而且深谙为人处世之道，可以终身为师矣！"

这一"让"一"挫"中，透露的是一种为人处世的大智慧。

生活对我们的主要任务就是完善自己的灵魂。而骄傲的人以为自己是十全十美的，因此它妨碍人改善自己，也使人无法完成自己的事业。骄傲者的行动，就像行路者不用迈开双腿就要踩到高跷上去一样。在高跷上是显得高一些，也没有沾上泥污的烦恼，而且步子跨出去又大又威风，但不幸的是，你无法走得更远，说不定还会重重地摔上一跤，满脸泥污，遭到别人的讥笑。骄傲的人是一样的，因为拔高了自己，他们常常从高跷上摔下来成为人们的笑柄。而那些老老实实行路，并不拔高自己的人，则会不慌不忙地行路，从而得到好运。

不要让攀比毁掉你的幸福

作家郑辛遥说："生活累，一小半源于生存，一大半源于攀比。"《牛津格言》中说："如果我们仅仅想获得幸福，那很容易实现。但我们希望比别人更幸福，就会感到很难实现，因为我们对于别人的幸福的想象总是超过实际情形。"

的确如此。生活中，有很多人总是在哀叹自己的不幸，却对他人的成绩羡慕不已。他们总是在抱怨——小林都涨工资了，我却还在原地踏步，到哪儿说理去呢？其实，智者是不会攀比的，攀比是不幸福的重要原因之一。

有这样一个例子：

过记者节，一个报社集体出游。第二天返程，"依维柯"在山道上起起伏伏，不一会儿又攀上了一个山头。小张坐在车窗边不经意中那么往下一望，倏然惊觉。

原来百余米下面的山谷深处，藏着一个大平坝，在莽莽苍苍的青山的映衬中显得如此精致秀雅。土地平旷，房舍俨然，麦苗青青，炊烟袅袅，点点人影悠游其间，不由叫人一下思接千载，回到陶渊明所拜访过的武陵人那儿去了。小张一声惊叹：好一个世外桃源！

不多一会儿，汽车三旋两转下坡，正好从那平坝边夺路而过。记者小张再打望这小小山村，又和沿途所见座座村落并无二致：小河干涸，屋宇老旧，土地并不平整，垃圾触目皆是……

那往来人，荷锄的、挑担的、背柴的，多是一副劳苦疲惫的模样，并不见什么"怡然自乐"。只不过三两分钟光景，山顶那份惊、喜和叹全没了踪影。这眼、这视角是多么容易骗人……

每个人，总是容易对自己身上的一点点得失唏嘘不已。这不奇怪，因为自己的"不幸"离自己最近，能"洞幽烛微"而分外地"明察秋毫"。

相反，每个人又总是艳羡他人，认定别人比自己更幸运、更滋润。见人身着名牌，便羡腰缠万贯；见人出入有车，便妒权力在握；见男女出双入对，便断定夫妻恩爱；见邻人天天忙着上班，便联想工作稳定、身体健康……

殊不知，这"远距离取景"所看到的只能是表象，就像在山顶高处遥望那小小的村子。

一个人的生存感觉，常常就是如此不得要领地比较出来的。

诚然，"没有比较便没有鉴别"，可比的事物相比，更接近真理，本身无可非议。但比法不同，其结果往往会大异。智者不去攀比，只比自己昨日今日的好心情和宽松度足矣。

抑郁是一种精神自残

有一个只有 37 岁的女性，却几乎成为疾病的死囚。症状已经显现出心脏病晚期的状态，她一度对她的好朋友说："我之生命悬于游丝，随时可断。"请了很多个高明的医生，但是都对她的病表示束手无策。其实，最主要的问题是她的病不在身上，而是在心里，她患的是抑郁症而且已经很严重。

这个病是在她 17 岁的那一年得上的。她们家是名门，尊贵而且富有。父母早已经为她规划了一个在他们看来极为美好的未来。可是在她的心中却有另一种美好的未来期待，她渴望独立、渴望自由。从此家里争吵不断，每次和父母冲突之后，她都大病一场。生病似乎成了她对抗父母的武器。

33 岁时，她终于得到机会离开父母，开始独立谋生。禁锢解除了，她忙碌而快乐，所有的疾病不治而愈。她废寝忘食却生机勃勃，工作成绩斐然。但健康的日子只持续了 3 年。

36 岁时她回到家，病魔卷土重来。心悸、呼吸困难、头晕、恶心……她从此卧床不起。有时候，她的病情会突然加重，不速之客、不愉快的谈话都能引起头痛、胸闷和呼吸困难。不管别人怎样看，她坚信自己已经濒死，生命之火随时会熄灭。就这样，她躺在病床上等待那一天的降临，惶惶不可终日。

那一天终于降临了——在她 90 岁那年，此时抑郁症已经让她在病床上度过了半个多世纪，但是她的身体比一般人还健康。心理学家仔细研究了病人的生平，试图找到抑郁症的神秘起因。专家们最关注的是她 33 岁到 36 岁那段无病无痛的经历，当时她曾在克里米亚战争前线为救治伤员而奔波。她从 17 岁起就强烈渴望当一名护士，但却遭到父母的激烈反对。只有护理病人的时候，她的心理疾病才能得到控制。在克里米亚半岛上，她表现出超凡的爱心、勇气和耐力。护士这个职业在很大程度上就是因为她的事迹而受到重视。

今天，有的人忘记了，有的人善意地忽略了她的抑郁症病史。这个救死扶伤的勇士，世界上第一所正规护士学校的奠基人，在绝望和痛苦中度过了大约3/4的生命，她就是弗洛伦斯·南丁格尔，人们亲切地称呼她为"提灯女士"。南丁格尔用亲身经历告诉世人，敢于追求梦想，自强独立是多么重要。

很多时候，我们的不舒服和烦恼，不是因为忙碌，而是因为我们的心灵无事可做，正所谓"无事生非"。我们的心灵就如一个花园，当我们懒于耕种，它就会荒芜而杂草丛生，让它变得美丽的唯一方法就是用我们的勤劳种上各种美丽的我们喜欢的花、草、树，或者能让我们得到助益的植物。

心态不同，命运也截然不同

有两个乡下人，外出打工。一个去纽约，一个去华盛顿。可是在候车厅等车时，又都改变了主意，因为邻座的人议论说，纽约人精明，外地人问路都收费；华盛顿人质朴，见了吃不上饭的人，不仅给面包，还送旧衣服。

去纽约的人想，还是华盛顿好，挣不到钱也饿不死，幸亏没上车，不然真掉进了火坑。

去华盛顿的人想，还是纽约好，给人带路都能挣钱，还有什么不能挣钱的？幸亏还没上车，不然就失去了一次致富的机会。

于是他们在退票时相遇了。原来要去纽约的得到了华盛顿的票，去华盛顿的得到了纽约的票。

去华盛顿的人发现，华盛顿果然好。他初到华盛顿一个月，什么都没干，竟然没有饿着，不仅银行大厅里的太空水可以白喝，而且大商场里欢迎品尝的点心也可以白吃。

去了纽约的人发现，纽约果然是一个可以发财的城市，干什么都可以赚钱。带路可以赚钱，开厕所可以赚钱，弄盆凉水让人洗脸也可以赚钱。只要想点办法，再花点力气就可以赚钱。

凭着乡下人对泥土的感情和认识，去纽约的人第二天在建筑工地装了十包含有沙子和树叶的土，以"花盆土"的名义，向不见泥土而又爱花的纽约人兜售。当天他在城郊间往返6次，净赚了50美元。一年后，凭"花盆土"他竟然在纽约拥有了一间小小的门面。

在长年的走街串巷中，他又有一个新的发现：一些商店楼面亮丽而招牌较黑。他一打听才知道，原来是清洗公司只负责洗楼不负责洗招牌的结果。他立即抓住这一商机，买了人字梯、水桶和抹布，办起了一个小型清洗公司，专门负责擦洗招牌。几年以后，他的公司已有150多名员工，业务也发展到多个城市。

有一次，他坐火车去华盛顿考察清洗市场。在华盛顿站，一个捡破烂的人把头伸进软卧车厢，向他要一个空啤酒瓶，就在递瓶时，两人都愣住了，因为5年前，他们曾换过一次票。这个捡破烂的人，就是当年改去华盛顿的那个人。

在每个人的一生中，都有很多次可以改变自己命运的机会，是往好的方面改变，还是往坏的方面改变，完全有赖于一个人对当时情况的认识。也就是说，有什么样的看法，往往就会有什么样的命运。

人的一生总是在不停地变换着社会角色，心态不做适当的调整，而总是在自负里欺骗自己伤害别人，或在不满里虚度光阴，那命运不对你残酷才怪。眼睛里只有自己，整日里怨天尤人不脚踏实地，待人处世又处处挑剔矫情，心里必然也堆满了垃圾，又怎么会明澈，怎么会成功，怎么会快乐？

心态决定着我们的命运。心存感激的人，也会有一双善于发现美好的眼睛。

亲爱的，你看见吗？天很蓝，风很轻，任何时候我们的心都可以在那南山东篱下，听竹笛一曲，赏花开一片……

做自己命运的主人

美国小说家菲茨杰拉德曾经写过一句值得我们深思的话："在我们18岁的时候，信念是我们站在上面眺望的山头，但是到了45岁，我们的信念就成了藏身的山洞。"

你还在等待别人的帮助吗？或者期望上帝赋予你"神奇力量"？

别再等待了，因为只有你，才能将身上的潜能发挥出来，也只有你，才能主宰自己的命运。

有个贫穷的工人在为农场主人搬运东西时，不小心打破了一个花瓶。农场主人看见后，要求他一定要赔偿，但是三餐都成问题的工人，哪里赔得起这么昂贵的花瓶？

苦恼的工人只好到教堂，向神父请教解决的办法。

神父听完工人的问题，他说："听说有一种能将碎花瓶粘好的技术，不如你去学习这种技术，只要能将这个花瓶修补、复原，事情不就解决了？"

工人听完后却摇了摇头，说："哪有这么神奇的技术？要把这个碎花瓶粘得完好如初，根本是不可能的事。"

神父指引他说："这样吧！教堂后面有一面石壁，上帝就待在那里，只要你对着石壁大声说话，上帝便会答应你的要求，去吧！"

于是，工人来到壁前，大声对着石壁说："上帝，请您帮帮我，只要您愿意帮助我，我相信，我一定能将花瓶粘好！"

工人的话一说完，上帝便立即回应他："一定能将花瓶粘好！"

工人真的听见了上帝的承诺，于是，他充满自信地向神父辞别，朝着"复原花瓶"的高超技术迈进。

一年以后，经过认真学习与不懈努力，他终于学会了粘贴碎花瓶的技术。结果他将农场主人的花瓶复原得天衣无缝，令人赞叹！

这天，他将花瓶送还给农场主人后，再次来到教堂，准备向上帝道谢，谢谢他给予的协助与祝福。

神父将他再次带到教堂后面的石壁前，并笑着对诚恳的工人说："其实，你不必感谢上帝。"

工人不解地看着神父说："为什么不必感谢？如果不是上帝，我根本无法学会修补花瓶的技术啊！"

神父笑着说："其实，你真正要感谢的人，是你自己啊！因为，这里根本就没有上帝，这块石壁具有回音的功能，当时你听到的'上帝的声音'，其实就是你自己的声音啊！而你，就是你自己的上帝。"

人要勇敢地做自己的上帝，因为真正能主宰自己命运的人，不是别人而是我们自己。当你相信自己能够改变命运时，步伐便会慢慢地移动，一步步地实现心中的愿望。

不可自命不凡，也不能妄自菲薄

现代的年轻人，大都受过良好的教育，在知识和能力上都很强。有很多年轻人参加工作后对老同事的指点不屑一顾，这是年轻人要避免的一个问题。年轻人要虚心接受别人的意见和建议，才能使自己在工作中成长得更快。但是也有一些人过于谦虚，甚至妄自菲薄，对别人言听计从，一点儿也看不到自己的优势，这个时候就需要像王婆那样自我激励一下，才能把事情做得更好。

提起王婆卖瓜，很多人以为是一位姓王的婆婆。其实，王婆是个男的，因为他说话啰唆，做事婆婆妈妈的，所以人们就送了他个绰号"王婆"。王婆的老家在西夏，以种瓜为生。西夏一带种的瓜叫胡瓜，即我们现在所吃的哈密瓜。

在当时，宋朝边境经常发生战乱，王婆为了避难，就迁到了开封的乡下，培育胡瓜。

胡瓜外表不好看，中原的人又不认识这种瓜，所以尽管这胡瓜比普通的西瓜甜上十倍，也没有人买。王婆很着急，向来往的行人一个劲儿地夸自己的瓜怎么好吃，并且把瓜剖开让大家尝。起初没有人敢吃，后来有个胆大的人上来咬了一口，只觉得这瓜如蜜一样的甜，于是，一传十，十传百，王婆的瓜摊生意兴隆，人来人往。

一天，神宗皇帝出宫巡视，一时兴起来到集市上，只见那边挤满了人，便问左右："何事如此喧闹？"左右回禀道："启奏皇上，是个卖胡瓜的引来众人买瓜。"皇上心想："什么瓜这么招人啊？"于是，便走上前去观看，只见王婆正在连说带比画地夸自己的瓜好。见了皇上，他也不慌，还让皇上尝了尝他的胡瓜。皇上一尝果然甘美无比，连连称赞，便问他："你这瓜既然这么好，为什么还要吆喝个不停呢？"王婆说："这瓜是西夏品种，中原人不识，不叫就没人买。"

皇上听了感慨道："做买卖还是当夸则夸，像王婆卖瓜，自卖自夸，有何不好呢？"皇帝的金口一开，不多时，这句话就传遍了大江南北，直至今日。

现代社会中有很多年轻人存在很严重的自卑心理，不管做什么，他们都会怀疑自己，看不到自己身上的长处和优点。由于不能很客观地认识自己，找不到使自己喜欢自己的理由，也就不能悦纳自己。在工作中常常会因为怀疑自己的能力，让自己不能很好地发挥应有的才能。其实，人只有首先认可自己，才能接受别人的认可；也只有充分地相信自己，才能不为外界的环境所影响。

现在我们所处的是一个人才济济的社会环境，周围有很多的人比自己优秀，这是一个不争的事实。但是每个人有每个人的独特价值，年轻人不能因为别人的优秀而否定自己，更不应该在自己的工作和生活中贬低自己的价值，"妄自菲薄"就是自贬价值。

有一个年轻人，他历尽艰险在非洲热带雨林中找到了一种高10多米的树木。

这可不是一般的树木，整个非洲也就只有一两棵。如果砍下这种树，一年后让外皮朽烂，留下的部分，就会有一种浓郁无比的香气散发开来；如果放在水中，它不会像别的木头那样浮起来，而是会沉入水底。

这种树被称作"沉香"，是世界上最珍贵的树木。年轻人将沉香运到市场上去卖。由于很贵重，很少有人敢来买，也很少有人买得起，因此，他的生意非常冷清，经常是很多天连一个来问价的人都没有。但他旁边一个卖木炭的，生意却非常好，每天都有进账。

年轻人终于沉不住气了，他把沉香运回家，烧成木炭后再运到市场上，以普通木炭的价格出售。这一回，他的生意好极了，几天时间就卖光了。

年轻人认为自己颇有创意，顺应了市场需求。于是，他很自豪地把这件事告诉了他的父亲。他父亲是一位白手起家的商人，当听完儿子的讲述后，父亲气得捶胸顿足，因为儿子做了一件大蠢事。沉香非常有价值，只要切下一小块磨成粉末出售，其收入相当于卖一年的木炭，而烧成木炭的沉香，就和普通木炭一样不值钱了。

这位年轻人没有认可自己手中沉香的价值而将其贬值出售，我们不能像他那样轻易地否定自己，贬低自己的价值。如果一个人自己都不认可自己而自贬价值，别人怎么会认可你的价值呢？缺乏自信常常是性格软弱和事业不能成功的主要原因。

一个人若自惭形秽，那他就很难自信起来。同样，如果他不觉得自己聪明，那他就成不了聪明人。

瓜不甜，再叫也没用，若是瓜的味道极美，像王婆一样自夸又何妨呢？年轻人总是将自己的优点弃之如敝屣，那么自己的"瓜"何年何月才能找到"伯乐"呢？人生短暂如白驹过隙，转瞬即逝，如果一直妄自菲薄，这不就等于将崛起的希望埋没了吗？在这弹指即逝的时光里，我们真要毫无意义地离去吗？曾有人说："越是没有本领的就越加自命不凡。""自命不凡"是没有本事的人常干的事情，年轻人要摒弃。不过诸葛亮也说过，人"不宜妄自菲薄"，胡乱地将自己的优点遮掩起来，这同样也是年轻人急需拆除的樊篱。

年轻人要善于分析自己，找到自己的优点，不可自命不凡，也不可妄自菲薄，正确地认识自己，给予自我认可，这样才能找到自己的价值。

避免徒劳无功的争执，人人都是赢家

生活中，当我们与他人发生争执时，要懂得后退一步。所谓"退一步海阔天空"，这不无道理。

明代文学家冯梦龙在《广笑府》中记述了这样一则故事：

从前，有父子二人，性格都非常倔强，生活中从来不对人低头，也不让人，且不后退半步。一日，家中来了客人，父亲命儿子去集贸市场买肉。儿子拿着钱在屠夫处买了几斤上好的肉，用绳子绑好转身回家。来到城门时，迎面碰上一个人，双方都寸步不让，也坚决不避开，于是，双方面对面地挺立在那儿，相持了很久。

日已正中，家中还在等肉下锅待客，做父亲的不由得焦急起来，便出门去寻找买肉未归的儿子。刚到城门处，看见儿子还僵立在那儿，半点也没有让人的意思。父亲心下大喜：这真是我的好儿子，性格刚直如此。又对另一人大怒：你是何人？竟敢在我父子面前如此放肆。他蹿步上前，大声说道："好儿子，你先将肉送回去，陪客人吃饭，让我站在这儿与他比一比，看谁撑得过谁。"

话音刚落，父亲与儿子交换了一个位置，儿子回家去烹肉煮酒待客，父亲则站在那个人的对面，如怒目金刚般挺立不动，惹得众多的围观者大笑不止。

故事很可笑，却深刻地告诉我们：生活中需要退让，这样才不会因小失大。

退让不是一味忍让，而是另一种形式的向前。如果对峙的两人都能这么想的话，双方自然不会踩到彼此，彼此之间的道路就变宽了，两人也便能够保持稳定的关系，或甜如蜜，或敬如友，总好过仇人见面分外眼红。

就因为在一些小事上发生了争执，列夫·托尔斯泰和屠格涅夫的友情曾中断了17年。

1878年，托尔斯泰在经历了长期的内疚和不安后，主动写信给屠格涅夫表示道歉。他写道："近日想起我同您的关系，我又惊又喜。我对您没有任何敌意，谢谢上帝，但愿您也是这样。我知道您是善良的，请您原谅我的一切！"

屠格涅夫立即回信说："收到您的信，我深受感动。我对您没有任何敌对情感，假如说过去有过，那么早已消除——只剩下了对您的怀念。"

一场积聚多年的冰雪终于融化了。不过，此后不久，另一件事又差点儿使他们的关系再次陷入危机。幸运的是，吃一堑长一智，他们这次都知道如何避开了。

那一年，在托尔斯泰的盛情邀请下，屠格涅夫到勃纳庄园做客。有一天，托尔斯泰请客人一起去打猎，屠格涅夫瞄准一只山鸡，"砰"的开了一枪。

"打死了吗？"托尔斯泰在原地喊道。

"打中了！您快让猎狗去捡。"屠格涅夫高兴地回答。

猎狗跑过去之后很快便回来了，却一无所获。

"说不定只是受了伤。"托尔斯泰说，"猎狗不可能找不到。"

"不对！我听得清清楚楚，'啪'的一声掉下去，肯定死了。"屠格涅夫坚持说。

他们虽然没有吵架，但山鸡失踪无疑给两个人带来了不快，仿佛二人之中有一个说了假话。可是，这一次他们都意识到不应再争执下去，便把话题转向别处，尽量在愉快的消遣中打发时光。

当天晚上，托尔斯泰悄悄地吩咐儿子再去仔细搜索。事情终于弄清楚了：山鸡的确被屠格涅夫一枪打中了，不过正好卡在了一枝树杈上面。

当孩子把猎物带回来时，两位老朋友简直开心得像孩童一般，相视大笑。

可见，人与人之间出现矛盾时，正确的做法应是互谅互让，而不是用争辩的方法去处理。

社会中，人与人之间应相互理解、相互尊重，尤其是在与人讨论、交谈时，对于别人的见解，我们不应轻易否定，即使其见解与你相左。如果能够做到理解别人、体贴别人，那么就能少一分盲目。

要善于发现别人见解的正确性，只有这样，才能多角度地看问题，才会发现固守自己的思维定式，有时显得多么的无知和可笑。因此，无论何时都要注意，避免听到不同的观点就怒不可遏。通过细心观察，你会发觉，也许错误在自己这一边，自己的观点不一定都与事实相符。

不管什么情况，无谓的争执简直就是浪费时间。道路狭窄时退一步，即得人生宽境。只要能避免徒劳无功的争执，人人都是赢家。

究竟什么才是财富

幸福是人生活追求的最终目标。我们征服自然，我们奋斗、创造、发明、工作，所追求的最终结果都是为了享受生活的幸福与快乐。但是，长期以来，人们一直以为金钱是幸福与快乐的源泉，更有甚者认为金钱本身就是幸福。抱有这种观念的人，实则仍然没有搞清楚金钱与幸福的关系。金钱对我们而言，永远是工具而不是目的，只是我们实现目的的手段而已。有金钱并不等于就有幸福，金钱与幸福并没有必然的联系。

有一对夫妻感情很好，生活也很富裕。丈夫在外面开了一家公司，生意红火。他没日没夜地忙碌，很少在家。女儿在外地读大学，每逢寒暑假才回家。妻子一个人在家，终日无所事事，日子过得不快乐。

丈夫看到妻子在家闷闷不乐的样子，担心她闷出病来，就对她说："你去亲戚朋友家串串门吧，跟她们聊聊天、打打麻将，你会开心的。不要整天待在家里，会很闷的。以前的生活是围着孩子转，没有自己的生活空间，现在好了，有时间了，好好利用。"

于是妻子就去亲戚、朋友、邻居家里串门、聊天、打麻将，果然开心了一段时间。但是话题聊完了，麻将打腻了，她又变得不开心了。

在家的那几天，妻子想了好多，她觉得丈夫说得很对，需要好好地规划一下，充分地享受生活，不能再浑浑噩噩下去了，要为自己而生活。

于是，丈夫回来后她对他说："我想开家花店。这里还没有人开，一定能赚钱。而且我一直很喜欢花，以前就有过这样的想法，只是一直没有去做。既能赚钱又感兴趣，一定会做得非常好的。"丈夫说："这主意不错。只要你喜欢就放手去做吧，我支持你！"

花店很快就开张了。妻子每天去花店做生意，她变得忙碌起来。来买花的人很多，妻子做得很开心，还认识了不少人。看着她开心的样子，他也很开心。可是过了几个月，丈夫算了一笔细账，发现妻子根本不是经商的料。

她经营的花店不但不赚钱，反而赔进去不少。

后来有一个朋友问他："你老婆的那家花店还开吗？"他说："还开。"

"是赚是赔？"他说："赚。""赚多少？"他神秘地一笑。经再三追问，他才悄悄告诉朋友："钱是一分没赚到，赚的是快乐。"

在金钱的考验面前，很多人都在经受着冲击，从观念到心灵，从价值观到处世哲学，从情感到家庭，无不面临着改变的阵痛。越来越多的人已经在汹涌的物欲横流中迷失。金钱买不来感情，也买不来幸福。幸福不是以金钱为衡量的，只有时刻永怀憧憬，认真、有价值地度过自己的每一天，这样我们才能够得到最纯净的财富。

大文豪托尔斯泰曾说过一段名言：你所献出的，即是你的；你所保留的，却是别人的。如果你割舍自己的一些东西献给别人，你便为自己造了福，这种福是永久的，任何人都不能从你身边夺走。而如果你保留了别人想拥有的，那么你保留它也只是暂时的，或者只能保留到你不得不交出它的时候，当死亡来临的时刻，你就不得不交出这一切了。这段话可谓透彻精辟，告诉我们什么是真正的财富。

有位叫伽南的国王，喜欢聚敛财宝，希望把财宝带到他的后世去。他心里想："我要把一国的珍宝都收集到我这儿来，不能让外面有一点儿剩余。"

因为贪恋财宝，他甚至把自己的女儿放在淫女楼上，吩咐她身边的侍女说："要是有人带着财宝来求我的女儿，就把这个人连同他的财宝一起送到我这儿来！"他用这样的办法聚敛财宝，全国没有一个地方还有金钱宝物，所有的金钱宝物都进了国王的仓库。

有一个寡妇的儿子看见国王的女儿姿色美丽、容貌非凡，十分喜爱。但是他家里没有钱财，没法结交国王的女儿。为了这事，他生起病来，身体瘦弱、气息奄奄。

母亲问他："你害了什么病，怎么会病成这个模样？"

儿子把事情告诉了母亲，说："我要是不能和国王的女儿交往，必死无疑。"

母亲对儿子说："可是国内金钱宝物，一无所剩，到哪里去弄到宝物呢？"

母亲又想了一会儿，说："你父亲死的时候，口里含有一枚金币。你要是把坟墓挖开，可以得到那枚币，自己用那钱去结交国王的女儿。"

儿子照着母亲的话，就去挖开父亲的坟，从口里取出那枚金币。他拿到了钱，来到国王女儿那儿，国王的女儿便把他连同那枚金币送去见国王。

国王见了，说："国内所有的金钱宝物，除了我的仓库中，都荡然无存。你在哪里弄到这枚金币的？你今天一定是发现了地下的窖藏了吧！"于是国王用种种刑法，拷打寡妇的儿子，要问清楚他得到钱的地方。

寡妇的儿子回答国王说："我真的不是从地下的窖藏中得到这枚金币的。我母亲告诉我，先父死的时候，口中含着一枚钱币。我挖开坟墓，由此得到了这枚金币。"

伽南国王派人去检查真假，果然看见了此人父亲口中放钱的地方，这才相信了。

听了差人的报告，伽南国王心里暗自想道："我先前聚集一切宝物，想的是把这些财宝带到后世。可是那个死去的父亲，却连一枚钱币都带不走，何况我这么多的财宝呢？"

佛祖曾有一偈曰：钱财身外物，悭贪难受益，纵积千万亿，身死带不去。歌德曾经说过：唯有懂得金钱真正意义的人，才应该致富。他的意思是说，许多人虽然能够很快致富，却不能关怀、体谅别人。他们被金钱迷住了眼睛，失去了合理运用金钱的理性。他们不仅不会真正得到财富，反而会失去自己已有的财富。

美国石油大王洛克菲勒出身贫寒，在他创业初期，人们都夸他是个好青年。当黄金像贝斯比亚斯火山流出岩浆似的流进他的口袋里时，他变得贪婪、冷酷。深受其害的宾夕法尼亚州油田地方的居民对他深恶痛绝。有的人做出他的木偶像，亲手将"他"处以绞刑，或乱针扎"死"。无数充满憎恶和诅咒的威胁信涌进他的办公室，连他的兄弟也十分讨厌他，特意将儿子的遗骨从洛克菲勒家族的墓地迁到其他地方。他说："在洛克菲勒支配下的土地内，我的儿子变得像个木乃伊。"

由于洛克菲勒为金钱操劳过度，身体变得极度糟糕。医师们终于向他宣告了一个可怕的事实，以他身体的现状，他只能活到50岁。并建议他必须改变拼命赚钱的生活状态，在金钱、烦恼、生命三者中选择其一。这时，离死亡不远的他才开始醒悟到是贪婪的魔鬼控制了他的身心。他听从了医师的劝告，退休回家，开始学打高尔夫球，上剧院去看喜剧，还常常跟邻居闲聊。经过一段时间的反省，他开始考虑如何将庞大的财富捐给别人。

开始的时候，人们不愿接受他的捐赠，即使是自视为宽容大度的教会也把他捐赠的"脏钱"退回。但诚心终归能打动人，渐渐地人们接受了他的诚意。

1901年，他设立了"洛克菲勒医药研究所"；1903年，成立了"教育普及会"；1913年，设立了"洛克菲勒基金会"；1918年，成立了"洛克菲勒夫人纪念基金会"。

他后半生不做钱财的奴隶，喜爱滑冰、骑自行车与打高尔夫球。到了90岁，依旧身心健康，耳聪目明，日子过得很愉快。

他逝世于 1937 年，享年 98 岁。他死时，只剩下一张标准石油公司的股票，因为那是第一号，其他的产业都在生前捐掉或分赠给继承者了。

哲学家史威夫特说过："金钱就是自由，但是大量的财富却是桎梏。"洛克菲勒深谙这个道理，他一生之中共捐了数以亿计的财富。他的捐助，不是为了虚荣，而是出自至诚；不是出于骄傲，而是出自谦卑。

钢铁大王安德鲁·卡内基也说："一个人死的时候还极有钱，实在死得极可耻。"要有合于时代的金钱感觉，即合理地支配所拥有的钱财。因此，要想活得轻松、活得自在，就应该像洛克菲勒那样摆脱金钱的束缚，让金钱发挥它应有的作用，让自己的价值实现升华。

第七章

人生
不止眼前的苟且

<　<　<

WENNUAN
SHIDUIKANGSHIJIANSUOYOU
DEJIANYING

梦想比条件更重要

卢·霍兹是韩国人，他在 28 岁的时候担任了南卡罗来纳州立大学橄榄球队的助理教练。

一天，他正在家里读早间新闻报，忽然感到身体变得僵硬起来，因为他看到了这样一则报道：南卡罗来纳州立大学校长表示即将解散橄榄球队原有的教练团队，组建新的教练阵容！

他马上意识到，自己的饭碗可能不保了。

果然不出所料，第二天，校长告诉他及球队所有队员，因为球队原教练已经辞职，他决定寻找新的教练来填补空缺，而作为聘用条件之一，新任教练可能会带来自己的助理教练团队。

对于从 9 岁就开始工作的他而言，那是饱受煎熬的一个多月，他有一种深深的挫败感。最艰难的时候，他的银行账户里只剩下 10.95 美元，可一大家人都要吃饭生活，这让他倍感压力。

看到他憔悴的样子，妻子心疼不已。她从书店买回了一本大卫·施瓦兹的《神奇大思维》送给了他，希望能帮他舒缓压力。

霍兹被妻子的关怀深深感动了，当天晚上，他就通宵达旦地阅读那本书。看着看着，他忽然感到眼前一亮，有一句话跳进他的眼帘：想一想在死之前想要完成的 100 个目标，然后把它们写下来。

看到这里，他忍不住合上书，拿起纸和笔坐到了餐桌前，异常认真地写下了他热切渴望实现的目标，比如：

在白宫和总统共进晚餐，出演 CBS 的今夜秀，与教皇见面，成为圣母大学橄榄球队的主教练，让自己的球队成为冠军，成为"今年最佳教练"，打出一杆入洞，去非洲旅行，参加漂筏运动……

这样的设想不断延伸，足有 107 个之多。倏然间，他觉得自己不再灰心丧气，而是对未来充满了期待。

毫无疑问，这些目标对于一个 28 岁的无业游民来说，似乎只是一种可望而不可即的奢望，但他还是把自己写下的这 107 个目标拿给妻子看。

妻子看完，给予了他鼓励，并兴奋地说："亲爱的，为什么不再加一个目标——找到一份工作？"好主意，于是他随手又加了第 108 个愿望——找到工作。

接下来的日子里，他并没有将自己写下的这些目标当作一时的心血来潮，而是视若珍宝地保存了起来，并开始为实现一个个目标而努力。每当他完成了一个目标，他就会慎重地把那一条划掉。

令人惊异的是，如今，他已经和教皇见过面了，也和里根总统在白宫留过影，在今夜秀节目上与别的嘉宾愉快地交谈过，而且他还把这些照片传到了他的个人主页上。他的个人主页上还记载了曾经两次一杆入洞的记录和参加漂筏运动等让他感到兴奋的事情。

在 40 年后的今天，当初写下的 108 个目标中，他一共实现了 104 个。

谈及这些，他说："从我列出这张设想蓝图时开始，我就已经不再是生活的消极观望者，而是积极行动者。如果你也列出自己的梦想，那么就不会把大好光阴消耗在睡懒觉上，因为你会觉得自己可能错过了一次次心跳！"

　　繁忙的生活中，你是否早已忘记了曾经深藏在内心的梦想和愿望？那么，从现在开始，像卢·霍兹一样，将自己的愿望写在纸上，列出曾经想要实现的目标并为之付出努力吧！当你全力以赴地去努力，成功之门也就会随时向你敞开。

痛和自爱可以崇高地并存

　　威廉一出生便患上皮肤癌，身体表面超过五成皮肤都是黑素瘤，布满了斑点。医生曾说他活不了几岁，后来他活过了 5 岁、7 岁、11 岁，然后，医生不会再审判他了，只是每次都说他会比一般人短命。

　　现在他已 28 岁了。医生对他说，黑素瘤能医治，但他的黑素瘤是不能完全医治的。所谓完全医治的意思，就是他需要换皮肤，大约需要 10 年时间。

　　结果，他决定用自己的方法与皮肤癌相处。他说："直到这一刻，我仍然深爱着我的恶性黑素瘤，纵使我们经常经历生死。没有它，就肯定没有今天的我，所以我常常谢谢它，感激它一直在我身边。我想与它活在一起，直至世界末日。"

　　年前，他让摄影师拍下了他的裸照并公开，他说拍裸体其中的一个原因，是用自己的身体让别人坦诚地面对他们自己，他没有丝毫希望他们接受他。

　　他说："只要他们自己面对自己就好，他们就算经历了也大可不接受或忘记这段经历，但也希望他们给自己向自己坦白的一个机会。"

　　他从不服任何药，不做任何电疗化疗，他觉得，身体出现病而能够感觉痛的感觉是相当幸福的，因为你仍能与身体沟通，每一刻感觉都像跟身体谈恋爱一样亲密美好。

因为身上的黑素瘤大多没有毛孔，所以他特别害怕热，体温较高难散热，他说应该与狗差不多。全身的瘤接触时会痛，每走一步都会痛，像走石头路一样。带着这种痛，他告诉自己，无论做什么，都不能违背他的信念——没有任何人应该被遗弃。

去年，有国际组织邀请他到希腊跑马拉松，为癌友筹款。今年，他也参加了中国香港的马拉松。他说："既然每一步都得来不易，那就要把这感觉好好发挥，不然就白痛了。"

"我很幸运，自小相信有能力便有价值。人应该专注自己的梦想，不要被世界的价值观或面包影响，我深信想先有面包才有梦想的人，他的梦想永不实现。而实践梦想的人，最少也能有面包果腹，因为天生我材必有用。"

感谢这位活好自己的 80 后，他提醒脆弱的我们，痛和自爱可以崇高地并存。

在绝境中找到生存的机会

1976 年，18 岁的加拿大青年特里·福克斯因非常严重的骨肉瘤癌，接受了右腿截肢手术。

一开始，他大哭大叫，向医生乱发脾气。可当他得知，一个只有 10 岁大的男孩，和他有着同样的不幸，却乐观坚强地用一条腿走路、骑车时，深深地被震撼了。他觉得自己不该痛苦消沉，而应为和他同样不幸的人，做点什么。

一年半的化疗之后，他告诉癌症协会：他要跑步穿越加拿大，让 2400 万加拿大公民，每人捐献一块钱，作为癌症研究基金。

癌症协会抱着半信半疑的态度，将他"疯狂的、不能实现的梦想"命名为"希望马拉松"。但就在特里准备踏上希望之旅时，他感觉到眼花、眩晕，看东西时总会出现重影。此时，特里完全有理由取消计划，但他隐瞒了一切。

1980年4月12日，特里的"希望马拉松"开始了。

每天凌晨4点半，路上静悄悄的，周围还是一片漆黑，特里就从睡袋里爬出来，开始新一天的马拉松。他一天要跑42公里，相当于一个标准的国际马拉松赛程。他的残腿被假肢磨破出血，疼痛难忍，头晕和视觉重影不断在折磨着他。可他还是坚决不允许自己有任何懈怠。

特里跑了近一个月，许多人仍对他抱着怀疑的态度。在一段1600公里的繁华公路上，他只募集到少得可怜的35加元。

在加拿大著名的魁北克，他的义跑活动几乎没有留下任何印象。但特里却有一个坚定的信念："不管别人怎么想，不管发生什么事，我都会跑下去。"

就这样，特里在怀疑、冷寂中连续跑了101天。当到达一个叫梅克里的小城时，由于过度疲劳，引发了诸多并发症，不得不听从当地医生的劝告，休息了一天。

次日凌晨4点半，他又继续上路了。终于，特里的坚韧、顽强，感动了小城的媒体记者，他为特里做了一次直播专访，这使特里·福克斯一下子成了新闻人物。

人们翘首以待，欢迎他的到来：在多伦多市政大厅，成千上万人欢呼着，迎接特里；正在烫头发的女人，来不及摘掉发卷，只为了见一见特里；实验室的工作人员，停下手里的工作冲到大街上，都想见一见这个顽强、勇敢、坚定的年轻人。

特里淡然地说："我不在乎自己是不是英雄，是梦想一直在支撑着我。我只要活一天，就会拼尽全力，向生活索取它。"

生活中有太多的诱惑和陷阱，就像温水中的青蛙一样，无时无刻不在消耗着我们每一个人的意志和信念，只要稍有疏忽就有可能在可怕的"温暖"中消磨殆尽。

当残酷的现实密不透风地压在我们的肩头，各种困难与挫折也从四面八方向我们袭来的时候，只要我们守着生存和成功的信念，时刻清晰地认清自己的处境，毫不留情地鞭策自己，便可在绝境中找到生存的机会，在命运的困厄中看到希望的光芒。

梦想是你自己的宝贝

心爱的东西不见了，可以再去买；钱没有了，可以再赚回来；唯独梦想，若是丢失了，就难以再寻觅回来。除非你愿意，否则没有人可以偷走你的梦想。

美国某个小学的作文课上，老师给小学生的作文题目是：我的志愿。

一名小朋友非常喜欢这个题目，他在作文簿上，飞快地写下了他的梦想。他希望将来自己能拥有一座占地18公顷的庄园，在广阔的土地上种满如茵的绿草。庄园中有无数的小木屋、烤肉区及一座休闲旅馆。除了自己住在那儿外，还可以和前来参观的游客分享自己的庄园，有住处供他们憩息。

写好的作文经老师过目，这位小朋友的簿子上被画了一个大大的红"×"发回到他的手上，老师要求他重写。小朋友仔细看了看自己所写的内容，并无错误，便拿着作文簿去请教老师。

老师告诉他："我要你们写下自己的志愿，而不是这些如梦幻般的空想。我要实际的志愿，而不是虚无的幻想，你知道吗？"

小朋友据理力争："可是，老师，这真的是我的志愿啊！"

老师也坚持："不，那不可能实现，那只是一堆空想，我要你重写。"

小朋友不肯妥协："我很清楚，这就是我想要的，我不愿意改掉我梦想的内容。"

老师摇头："如果你不重写，我就不能让你及格了，你要想清楚。"

小朋友也跟着摇头，不愿重写，而那篇作文也就得到了大大的一个"E"。

事隔 30 年，这位老师带着一群小学生到一处风景优美的度假胜地旅行，在尽情享受无边的绿草、舒适的住宿及香味四溢的烤肉之余，他望见一位中年人向他走来，并自称曾是他的学生。

这位中年人告诉他的老师，他正是当年那个作文不及格的小学生。如今，他拥有这片广阔的度假庄园，真的实现了儿时的梦想。

老师望着眼前这位庄园的主人，想到自己 38 年来不敢有梦想的教师生涯，不禁感叹："30 年来，为了我自己，不知道用成绩改掉了多少学生的梦想。而你是唯一保留自己的梦想而没有被我改掉的。"

美国第 37 任总统威尔逊说："我们因有梦想而伟大，所有伟人都是梦想家。他们在春天的和风里或是冬夜的炉火边做梦。有些人让自己的伟大梦想枯萎而凋谢，但也有人灌溉梦想，保护它们，在颠沛困顿的日子里细心培育梦想，直到有一天得见天日。这些是诚挚地希望自己的梦想能够实现的人。"

我们每个人在儿时都曾拥有过伟大的梦想，只是不知道在成长岁月中的何时，被改掉了、丢失了，或因为我们给予的滋养不足，梦想的种子仍深埋在土里，难以发芽。

就在今天，找回你真正的梦想，不管过去这段时间里，曾将它藏在何处，或被改掉，或被"偷走"。把梦想找回来，并且坚信您的梦想必能成真。

或许在找回梦想的同时，会遇到一些专业的偷梦人，他们可能是你的朋友、同事、邻居，甚至是你的父母或配偶。他们会在你兴致勃勃述说你的梦想时，神色郑重地告诉你，那是不可能的。他们要你脚踏实地好好做事，不要说的比做的多，先做到再来说也不迟。

只要你本来就是脚踏实地的人，只要你紧紧握住梦想，你可以不用怕这些人的冷嘲热讽，也不必在意他们的不理解，因为他们无法再次偷走你的梦想。而所有偷梦人泼向你的冷水，足以灌溉你梦想的种子，使之茁壮成长为参天大树。你可以感谢他们给你泼的冷水，真心地感恩，因为待你梦想成真之后将与他们分享。

在希望中活着，才会看到光明

从前，有一老一少两个相依为命的瞎子，每日靠弹琴卖艺维持生活。

一天，老瞎子支撑不住病倒了。他自知不久将离开人世，便把小瞎子叫到床头，紧紧拉着小瞎子的手，吃力地说："孩子，我这里有个秘方，这个秘方可以使你重见光明。我把它藏在琴里面了，你必须在弹断1000根琴弦的时候才能把它取出来，否则，你是不会重见光明的。"

一天又一天，一年又一年，小瞎子将师父的遗嘱铭记在心，不停地弹啊弹，将一根根弹断的琴弦收藏着。当他弹断1000根琴弦的时候，当年那个弱不禁风的少年已到垂暮之年，他按捺不住内心的喜悦，双手颤抖着，慢慢地打开琴盒，取出秘方。

然而，别人告诉他，那是一张白纸，上面什么都没有。

听到这个消息，老人反而笑了。

拿着一张什么都没有的白纸，他为什么笑了？

原来，他突然明白了师父的用心。虽然是一张白纸，但是他从小到老弹断1000根琴弦后，却悟到了这无字秘方的真谛——在希望中活着，才会看到光明。

希望就像茫茫大海上远处的一座灯塔，一盏黑暗中指引我们前行的灯，一盏困境中引领我们通往光明的灯。它赐予我们前进的力量，帮助我们坚持到底，迎来曙光。

有时，心存希望，就一定能有奇迹发生。

小晶曾一度喜欢上疏密青翠、清新淡雅而极富书卷气息的文竹，试着自己养上一株，精心浇灌，期盼它能长得挺拔秀丽、绿云飘逸。谁知没几天，枝叶变黄、干枯、脱落。小晶无比伤心，却不忍心将它丢弃，于是上网查阅资料，开始科学地为它松土加肥，更加殷勤呵护，希望能起死回生。

老公劝小晶别抱希望了，死了就是死了，扔了算了。她不愿轻易放弃，10多天过后，竟发现抽出了一枝嫩芽！惊喜之余，小晶庆幸自己没有轻易放弃它。心存希望，总有奇迹发生的。

在强大的生存欲望面前，挫折算得了什么呢？在永不磨灭的勇气面前，任何困境都不能将心存希望的人们打倒。

人不能没有希望，哪怕是生命的最后一刻，也要咬牙坚持住，相信穿越了当下的苦难，就一定能看见幸福的曙光。

美国作家欧·亨利在他的小说《最后一片叶子》里讲了这样的故事：病房里，一个生命垂危的病人看见窗外的树叶在秋风中一片片地掉落下来。

最后一片叶子始终没有掉下来。只因为生命中的这片绿叶，那个病人奇迹般地活了下来。

希望是点燃生命之火的灿烂阳光，希望是我们内心最大的精神寄托。人生如果没有了希望，也就没有了奋斗、坚持和拼搏。希望之灯一旦熄灭，生活将变得一片黑暗。人生可以没有很多东西，但唯独不能没有希望，就像伏尔泰说的：人类最可贵的财富是希望。希望是我们生活中最大的力量，只要心存希望，生命就能生生不息。所以，请一定保护好我们心中那盏希望的灯。

生活总是充满着挑战

人生的旅途，每段都有不一样的风景，都值得学习与珍惜。就像一年四季，会有温暖的春天，收获的金秋，但也会有炎热的酷暑，寒冷的冬季。经过酷热与严寒的考验，才更能感受到温暖与收获的可贵。

生活总是充满着挑战，当我们在生活、工作和学习中遇到前进的路障时，应该具备笑对逆境的心态。只有这样，我们才能正视困难，积极寻求摆脱困境的办法。否则，悲观态度会使我们失去信心，最终选择自暴自弃，根本不会获得转机和突破。

事实上，人生就是一场战斗，无论是面临工作挑战，还是生活变故、身体疾病，我们都要把自己看作一个勇士，去微笑面对所有的挑战。

世上的许多事情，往往是最后的那一程，是最难迈过的门槛，因为我们在跋涉的过程中已经筋疲力尽、心力交瘁，这时候，即使一个小小的障碍，都有可能将我们绊倒。这个时候，意志就显得特别重要，胜利往往来自"再坚持一下"的努力之中。

40来岁的米·乔伊遭遇公司裁员，失去了工作。从此，一家六口的生活全靠他一人外出打零工赚钱维持，经常是吃了上顿没了下顿，有时，一天连一顿饱饭也吃不上。

为了找工作，米·乔伊一边外出打工，一边到处求职，但所到之处都以他年龄大，或单位没有空缺为借口将其拒之门外。然而，米·乔伊未因此而灰心，他看中了离家不远的一家建筑公司，于是，便向公司老板寄去一封求职信。信中，他并没有将自己吹嘘得如何能干、如何有才，也没有提出自己的要求，只简单地写了这样一句话："请给我一份工作。"

这家名为底特律建筑公司的老板麦·约翰，收到这封求职信后，让手下回信告诉米·乔伊："公司没有空缺。"但米·乔伊仍不死心，又给公司老板写了第二封求职信。这次，他还是没有吹嘘自己，只是在第一封信的基础上多加了一个"请"字："请，请给我一份工作。"此后，米·乔伊一天给公司写两封求职信，每封信都不谈自己的具体情况，只是在信的开头比前一封信多加一个"请"字。

3年间，米·乔伊总共写了2500封信，这2500封信的每一封都比前一封只多一个"请"字，"请"字后面是千篇一律的"给我一份工作"。收到第2500封求职信时，公司老板麦·约翰再也沉不住气了，亲笔给他回信："请即刻来公司面试。"面试时，麦·约翰告诉米·乔伊，公司里最适合他的工作是处理邮件，因为他"最有写信的耐心"。

当地电视台的一位记者获知此事后，专程登门对米·乔伊进行采访，问他为什么每封信，都只比上一封信增加一个"请"字。米·乔伊平静地回答："这很正常，因为我没有打字机，只能用手写。而每次多加一个字，是让他们知道这些信没有一封是复制的。"

当记者问老板为什么要录用米·乔伊时，麦·约翰说："当你看到一封信上有2500个"请"字时，你能不被感动吗？"勇敢面对人生中的重重挑战吧，不经历风雨，如何知道自己是否坚强，又如何看得到雨后那美丽的彩虹？暗夜虽然孤寂漫长，但它的尽头，就是光明！

如果你是一个害怕黑夜的人，那么你独立走一段夜路是对自己的挑战；如果你是一个成绩平平的人，那么，攀登成绩的巅峰也是对自己的挑战。

生活处处有挑战，生活需要挑战。

认清自己一生最重要的是什么

如果有人想要找到一条公式，所有人只要套用这条公式就能成功，那么他一定忘了，这个世上最强大的力量就是"自然力"。其实每个人都得找到大自然为他建造的道路，并沿着这条路走下去。从你所在的地方着手，不断地向前挖通自己的道路，才是你成功的公式。

如同鼹鼠走的是一条路，松鼠走的是另一条路，都是由大自然量身打造的。我们不能因为鼹鼠不会爬树，就认为它是一个失败者；松鼠也不能因为自己不会钻地道，而垂头丧气、闷闷不乐。你不可能期待轮船沿着干涸的陆地驶入港口，同样地，希望依循其他人的道路轻松获得金钱和财富，也是愚蠢的想法。

许多年前，一个10岁的小男孩，在美国伊利诺伊州的一座小火车站里当差跑腿，并利用业余时间研究电报按键。

13岁，他成为一名正式的电报员；38岁，他当上了铁路公司总裁，去世前，他是加拿大太平洋铁路公司总裁，收藏的艺术品价值高达数百万美元，并被授予爵位，人们公认他是世上最了不起的铁路公司总裁。

他并没有天真地等待机会降临，反而像鼹鼠一样从他所在的地方着手，不断地向前挖通自己的道路。

密歇根州有一位参议员，他起初是卖爆米花、报纸的小贩，后来进入一家律师事务所打杂。工作闲暇时，他就抽空阅读法律书籍，24岁时，他成功地跻身律师界，找到了自己的路。打杂虽然无聊，但他没有枯等，而是牢牢地抓住手边的东西。然后，当他准备好时，那条路就会赫然出现在眼前。

詹姆斯·希尔的儿子，起初在火车上担任刹车控制员，因为工作表现十分出色而被提拔为工程师。当他被提升到这个职位时，他的上司才吃惊地发现，原来他是西北部最有钱的"铁路大王"的儿子。

很多人的事例都告诉我们，没有什么比"起而行"更重要——不管你面对的是什么，一定要有所行动。

成功往往不可预期，重要的是懂得不断探寻、不断追求。

一个人的一生究竟会在哪个领域有所建树，并不是在年轻的时候就能够看出来的。很多杰出的人最终的成就并不是他一开始就追求的，有的甚至是背道而驰的。所以，我们需要时刻领悟，时刻提醒自己，一个人的成功之路不是事前选定的，而是存在于不断的探索追求当中。迷茫的时候，不要气馁，多多尝试，多多探寻，或许不经意间，最适合你的成功之门便已经打开。

让灵感变成行动，能拥有更多机会

很多人有一个特点：想到一个好主意，不是马上行动，而是不停地思考各种可能的变化，描绘未来各种美好的前景，把大量时间浪费在"白日梦"上。但是很多的状况是，等到深思熟虑之后，好不容易开始行动时，却已经时过境迁，没有行动的必要了。

打个比方，你暗恋的美女3年前已经嫁人，小孩可以满地跑了，你再去表达爱慕之心，不是很无聊吗？而那些成功者正好相反，有了好主意，马上行动，而不是坐等事情发生了变化再去行动。

有时候，他们显得鲁莽和操之过急，却常能抓住发展事业的好机会。请看一个故事：

梅纽因从小喜欢拉小提琴，7岁时曾和旧金山交响乐团合作演奏门德尔松的小提琴协奏曲，被人们誉为"神童"。

10岁那年，梅纽因为了提高琴艺，决定拜法国小提琴演奏家艾涅斯库门为师。主意拿定，说干就干，在父亲的陪同下，他来到巴黎，向艾涅斯库门提出了申请。

艾涅斯库门不留余地地拒绝道："我从来不给私人上课！"

梅纽因坚持说："那么，先生，请您听我拉一曲吧！"

艾涅斯库门冷冷地说："对不起！我正要出远门，明天早晨6点半出发！"

梅纽因继续请求："我可以提早一小时来，在您收拾东西时拉给您听，好吗？"

艾涅斯库门被他的诚心打动了："那好吧！明早5点半到克里希街26号，我等你。"

第二天早晨5点半，梅纽因准时来到艾涅斯库门家，发挥自己最高的水平，拉了一曲。

艾涅斯库门听后，兴奋得满脸通红，走出房门，对等候在门外的梅纽因的父亲说："我决定收下你的儿子。不用付学费！他给我带来的快乐完全抵得过我给他的益处。"

从此，梅纽因成为艾涅斯库门的学生。他努力学习，渐渐青出于蓝，成为世界著名的小提琴演奏家。

拜名家为师不是一件容易的事。在这个故事中，梅纽因事前并未征得艾涅斯库门同意，不远万里就去了，万一拜师不成，丢面子还在其次，重点是要浪费许多时间和金钱。

许多人正是这样瞻前顾后，才打消了自己的念头。但成功者的选择是：想办一件要紧的事，马上就去办；想见一个关键的人，马上就去见。

普通人往往想了再做，成功者往往做了再想。

事实上，无论如何，世界上的许多事情，并不是因为合理才做成的。你很想做成，所以做成了，就这么简单！

我们要懂得，在做事的时候，与其开始之前想得很复杂，不如头脑简单一点。只要确定某件事值得一干，就行动起来，先干再说，边干边调整。当然，做事还需心怀善意而非歹意，智慧的真正含义是明辨是非善恶。你当然应该清楚哪些事可以干，哪些事绝不能干。我们必须记得一个成功者的忠告：好事不做后悔，不如做了再后悔；坏事不做后悔，胜于做了再后悔。

第八章

有一天，
世上最疼我的人老了

> > >

药里有种成分叫父爱

男孩从小体质就弱，经常会发烧，一发烧喉咙便开始肿大，直至不能进食。由于长期使用青霉素，男孩的身体逐渐产生了抗药性，以致后来发烧时，医生用药的剂量越来越大。医生还告诉男孩的父亲，这种病是从母体带来的一股热毒，根本没法根治。

但父亲不相信。为了治好男孩的病，没多少文化的他竟买了一些中医药方面的书籍自个儿研究起来。他对男孩的母亲说，既然医生说孩子身上带了一股热毒，就挖一些清凉解毒的草药去掉孩子身上的火气。

父亲往往是刚忙完农活，就又扛着锄头到离家10多公里的公子山去挖草药。药性好的草药一般都长在深山里，有时为了寻找到书里所描述的药，他必须先砍掉一大片荆棘才能找到。

有一次，到了很晚，父亲依然没有回家，六神无主的母亲便拉着孩子们点着火把去寻找父亲。当他们来到半山腰时，终于找到了父亲。原来，父亲为了去采一些悬崖边上的金银花，一不小心踏空了，从一棵松树上摔了下去。父亲当时呼救了好几次，却没有一个人听到。当人们把父亲拉上悬崖时，父亲的脸上、身上到处都是一道道深深的伤痕，被摔伤的手红肿得像个刚出锅的馒头，却死死攥着一些采来的金银花。看到全家人，一天未进食的父亲慈厚地笑了，脸上那些刚刚凝固的伤口又流出了鲜红的血液。父亲摔伤的手，半个月才渐渐消肿、痊愈。但就在这期间，父亲仍然坚持去山中挖草药。

很快，父亲从山上挖回的草药摆满了家里的整个后院，男孩也一天天地好起来。

父亲配置的草药之所以能让人药到病除，里面除了他用心良苦寻找到的各种药材以外，其实还蕴含有一种特别的成分，那就是——对孩子深深的爱。

父亲的爱是无私的，他在你生病的时候注视着你的每一个细微的皱眉动作，为你每一次痛苦的表情而揪心。他可能只是不说，可能只是轻轻拥你在怀里，微微摇晃着你，好像你是他最重要的心肝宝贝，你却能轻易地知道，他因为你的痛楚而心疼。

他在深夜也依然能记得给你喂药，再热的天气，半夜醒来也要把水弄温帮你服药。其实，治好你的可能并不是那些药片，而是他混在药里、和在水中，那能治愈百病的父爱。

从哪里也得不到这么纯粹的感动。在那些夜晚，父亲就那样守在你的床畔，一边点着头打着瞌睡，一边握住你的手，时刻准备为你醒来。他的胡茬好像在一夜间钻了出来，它们看起来那么让人想要抚摩，那种扎扎痒痒的感觉，深深地钻到你的心里。

人的一生可以拥有许多种感情，在你生病的时候，你的身边可能守护过很多爱你的人，可是，却没有一个像父亲那样令你感动，令你踏实。

父爱，真的是药里一种必需的成分。

春天后母心，缕缕温暖香

小孩子总是害怕后母——即便没有在生活中遇到，也已经有足够的文学影视作品、鬼怪传说向他们灌输了后母的"可怕"——人们固有印象中的后母总是蛇蝎心肠，非但不会疼爱继子继女，还会想方设法地虐待他们。

这和人的天性有关。因为血缘的缘故，我们总是会更疼爱与我们血浓于水的亲生子女，所以想当然地认为后母不会给我们真正的母爱。所以，一个后母想融入到新家庭中，往往要付出比亲生母亲更多的努力，才能赢得继子女的心。所以，不要再用偏见来看待后母，当我们多一些宽容时，我们就会在生活的各个角落感受到这种别样的母爱所散发出的温暖。

当春天与后母联系在一起，春天的温暖、母亲般的慈爱在继子女的身上就会有不一样的效果。电视连续剧《春天后母心》感动了千千万万的观众，在《春天后母心》的电视观众见面会上，很多观众举着剧中后母绣娥的扮演者刘雪华的照片，脸上写满崇拜之情。剧中讲述一个后母用自己的真心与爱心为孩子们撑起了一片天，一片晴朗的天空。虽然他们的生活是艰苦的，家居是简陋的，可他们的心灵是纯洁的、健康的，心情是愉快的，童年是快乐的。

现在的再婚家庭中，继父母与继子女关系紧张的情况是很常见的，其中半大不小的孩子最难处。在江西某县，曾经出现过一位让当地人争相传颂的后母。

她叫王玉莲，几年前，她丈夫因车祸辞世，抛下她和刚满 6 岁的女儿。悲痛欲绝的她背着单亲家庭的艰辛与困惑，在漫漫的人生路上举步维艰。4 年之后，她遇到了现在的丈夫李老师。李老师的妻子因病去世，抛下了 11 岁的女儿和不到 3 岁的儿子。在朋友的介绍下，她见到了他和两个孩子，孩子们那忧伤的眼睛直直地看着她，她当时鼻子一酸，觉得两个孩子很可怜，禁不住流下了眼泪。在一切为了孩子幸福的共同愿望下，她和李老师建立了这个五口之家。

大女儿还没有从失去母亲的痛苦中走出来，却又面临升高中，所以她根本没有做好接受一个突如其来的母亲的心理准备。为了建立起母女感情，王玉莲从精神、生活等方面去关心爱护和照顾她，给她买来各种学习资料，为她讲解青春期生理卫生常识，无微不至地关心她的生活和学习。她还为大女儿讲授为人处世的道理和科学的学习方法，她相信真情可以温暖孩子的心灵，使她尽快走出悲伤的阴影，并全身心地投入到学习中去。

王玉莲潜移默化的教育，使大女儿被深深地感动了，并且给大女儿增添了力量，她以优异的成绩升入了城阳一中实验班。王玉莲生日那天，中午，大女儿从学校赶回家，路上特意买了一束康乃馨，回到家热泪盈眶地说："妈，祝您生日快乐！"王玉莲激动地搂住大女儿，一句话也说不出来。此时，她觉得自己是世界上最幸福的母亲。

然而，孩子成长的道路并不是一帆风顺的。升入高一的大女儿不太适应高中的新环境，原本入学成绩优异的她，竟下滑到中等偏下，这可急坏了王玉莲。但她没有责怪她，而是和她一起分析原因，并帮助她制订出新的学习计划，用鼓励的眼光看着她，用赏识的态度接近她。王玉莲对她说："孩子，妈相信你一定会迎头赶上的。"

闲暇之余，王玉莲总是找机会和孩子进行沟通，因为她明白，只有了解孩子才能有的放矢地教育好孩子。为了鼓励孩子们更好地学习，每天她在把孩子们从幼儿园、学校接回来的时候，总是很投入地和他们交流，问长问短。孩子们也喜欢把一天的事情与她说个没完没了。这样不但可以了解他们的内心世界，而且可以锻炼孩子们的语言表达能力，给他们树立自信。每当她与他们交流时，她从孩子们身上享受到一种无比的幸福与自豪。这种自豪不是每一个母亲都能够享受到的。

人的精力和体力毕竟是有限的。长期的辛勤操劳，让王玉莲的身体大不如从前，接踵而来的是贫血等疾病。不久后，王玉莲因肿瘤病住进了医院。手术后，医生对丈夫说，情况不太好，等化验结果吧。丈夫顿时泪流满面："大夫，您一定要治好她的病，孩子再也不能失去母亲了。"中午，孩子们知道了这件事，饭也没吃就跑到了医院。当看到王玉莲正在输液，3个孩子扑到病床前全哭了。大女儿说："妈，都是我们把您累病了，您好好休息，家里的活我帮您干。"王玉莲听后眼泪止不住地流下来。看着眼前的3个孩子，想到学校的工作、家里的一切，她真的躺不住了。几天后，她就不顾医生的劝阻回到了家。也许是母爱赶走了病魔，化验结果是良性肿瘤。她拿着化验单，看着孩子们那可爱的面容，一家人幸福地拥抱成一团，王玉莲大声地说："妈妈是累不倒的！"

家庭需要相互理解、相互支持。王玉莲与丈夫互敬互爱，互相勉励，相互学习，共同创造温馨的家园，哺育他们的孩子茁壮成长，这是作为一个女人最大的美德。王玉莲用她最为纯朴的感情，来爱护着并不是亲生的孩子，并且赢得了孩子的爱。

无论是《春天后母心》里的绣娥还是再婚的王玉莲，他们的身上都有着中国妇女的传统美德——心地善良、吃苦耐劳、外柔内刚，这些品质铸就了最伟大的母爱。她们用生命疼爱着并非自己亲生的孩子，这无疑为天然的母性之外镶嵌进了人性的光辉！

别让功欲和虚荣毁了亲情

无疑，追求成功是人类的天性，但在这个变了味儿的社会，很多人竟然为了追求成功而放弃了一生最宝贵的东西——亲情。

我们都是俗人，我们都爱金钱与权力，因为这两者能为我们换来很多美好的物质。但如果是在牺牲亲情的前提下换取，我们的良心一定会每时每刻拷问我们，让我们寝食难安。如此，幸福也就无从谈起。

钱冲是一个从偏远农村出来的男孩，他知道，农村的孩子要想出人头地，唯一的出路便是努力读书，考上大学。所以，在上学的时候，他比其他的同学都用功。功夫不负有心人，他最终考上了大学。为了他的学费及生活费，田地里的父母日出而作，日落而归，老父亲的白内障因为没钱治疗而几乎看不清楚东西。在大学里，钱冲也很用功地学习，大本毕业后考上了硕士，最后又考上了博士。

优秀的男人当然有女生抢着要，高校副校长的千金就爱上了他，娇媚的女孩让钱冲觉得生活很是满足。再后来，副校长利用某些关系让他有了一份很好的工作，年薪30万元以上，并把女儿嫁给了他。经过多年的努力，光明的前景开始展现在他面前。

钱冲觉得，现在是自己报答父母养育之恩的时候了。然而，事情的发展并没有像他想象的那么美好。自从妻子知道他的家在很穷的农村时，就不依不饶了，整天大骂他的血管里流的是"红苕血"。结婚之前，妻子还跟他约法三章：不能说他来自农村，要说自己的父母是高校的老师；不能跟农村的家再有任何联系；不准家乡的老乡来他们城里的家。

看着眼前如花似锦的一切，钱冲默然答应了。结婚的酒席上，来来往往的全是女方的亲朋好友，他有一种想哭的冲动。从此，他只敢偷偷地寄钱给老家的父母，但都不会超过200元。因为他怕家里人以为他在城里好了，来城里投靠他。

直到两年以后，钱冲才告诉他的父母，他在城里结婚了，而且还有了儿子。听到这个消息，母亲高兴得失眠了，连夜在昏暗的灯下为自己的小孙子一针一针地缝小衣服。不久，钱冲就收到了母亲寄来的包裹，包裹有10多公斤。当时，他的双眼有些模糊了，他很难想象瘦小的母亲是怎么把包裹拿到几十里外的县城，又是怎样寄过来的。然而，看到包裹的妻子很是诧异，用两根指头捏着小衣服，直嚷嚷叫他扔出去，说有跳蚤。

钱冲看着妻子的嘴脸，很想打她，只是忍了良久，颓然放弃了。

最后，那包衣服的归宿还是垃圾箱。

儿子满周岁的那天，家里来了很多人。200 平方米的屋子里人声鼎沸。在钱冲正忙里忙外地招呼着时，小区的保安在对讲机里说有人找他。他以为是客人，便兴冲冲地迎了出来，然而，在楼下等他的却是年迈的父母。这是钱冲离开农村的家很多年以后，第一次看见自己的父母。

当时，外面下着很大的雨，他的父亲和母亲互相搀扶着，两个人的头发都滴着水，钱冲愣住了，呆在门口不知所措。妻子看他半天没进来，也出来看，当她看到是钱冲的父母来了时，她的脸色一下子变了。钱冲慌慌张张引着父母进门，在光洁的木地板上，父亲紧张得都不知道该怎么走路了，沾着泥的解放鞋一踩就吱吱作响。钱冲只好把他们带到厨房，然后跟一脸不解的宾客说他们是找错了人的老人。

回到客厅，妻子把钱冲叫到一边，用几乎是训斥的语气叫他赶快把人带走。因为她无法对满屋的老总、老教授这些有头有脸的人解释那是他的双亲。无奈之下，他只好在附近宾馆里给父母订了间房子。

在宾馆里住了两周的双亲终于明白了，儿子不可能把他们迎进那扇该进的家门。至于儿媳妇，自那天匆匆见过一面后就没再露过脸。由于上火，父亲的眼睛完全失明了。大医院的医生说是耽误了治疗的时间，如果前几年就治疗的话一定不会失明的。看着父亲那双完全混浊的眼睛，钱冲觉得自己简直不是人。母亲看着父亲的双眼，说："唉，我们住不惯这里，我们回家。"

两个月以后，钱冲终于以一次出差的名义回了老家。邻里乡亲都来看这个穷山沟里飞出的大人物。从乡亲的言谈里，他才知道，那次父母进城是把田地送给了别人种、把猪卖了，完完全全是想去他那里安度晚年。父母回到农村还对他们说，儿子对他们很好，不要他们走，但是他们住不习惯，想老家的人，还给大伙带了很多的"杂包"……

在老家简陋的厨房里，老父亲摸摸索索地做饭，手上有许多未愈的伤口；70 多岁的母亲还在田里为口粮而苦苦挣扎，干一会儿活儿就得直起身来捶捶自己的腰。临走的时候，钱冲给了父亲两万元钱，并要父亲仔细放好，以后有困难的时候就拿出来应急。他知道，自己作为儿子的身份已完全死亡。

和钱冲一样迷失在物欲迷宫里的人有很多。功欲和虚荣就像致幻剂，品尝一次就再也戒不掉，它们日复一日地摧残着我们的身心，我们深陷其中，却欲罢不能。浓稠的亲情被这场盛大的幻觉稀释得食之无味，就这样轻易地让我们随手倾倒。而戒除这种致幻剂的方法只有重新投入亲情的怀抱，纵使破碎的亲情已经无法拼接完整，但父母是唯一不管被你冷落多久还能充满热忱地迎接你的人。

抽点儿时间，陪父母聊聊

那首红遍大江南北的歌曲《常回家看看》里唱道："找点儿空闲，找点儿时间，领着孩子，常回家看看，带上笑容，带上祝愿，陪同爱人，常回家看看，妈妈准备了一些唠叨，爸爸张罗了一桌好饭，生活的烦恼跟妈妈说说，工作的事情向爸爸谈谈……"因为歌词太过窝心，这首歌才会得到如此众多父母与儿女的认同感吧。

穿梭在这个流行的都市中，我们每天的状态都被"忙"与"盲"占据，腾不出一点时间与空间给最珍贵的亲情，就像故事中的小张一样。

小张在大学毕业之后，被分配到离故乡 100 公里以外的一座城市。对于幼时丧父、身为长子的他来说，雷打不动地按月回老家看望母亲是他不变的习惯。

回家的车票是用一种较厚的彩色胶纸印刷成的，母亲看到后总会跟他说："你的车票挺好看的，孩子，给我留着吧！"他一笑，便将车票留给了母亲。每次他都跟母亲睡在一个土炕上。后来，母亲喜欢上了翻他的衣袋，却只是把那张车票留下。

接下来，他娶了妻，生了孩子，回家变成了俩月一次。

再后来，他当了领导，时间更少了，有时，甚至半年都不回一次家了。特别是他有了专车，不习惯再坐长途客车，承受那种长途车的颠簸。慢慢地，母亲再也不跟他要那些车票了。

转眼过去了10年，他成为所在城市的市长。有一天夜里，家里电话忽然响起，是家里的弟弟打来的长途，母亲突患脑出血，生命已危在旦夕。

对他而言100公里只是短途，一个多小时后他便赶到了母亲身边。这时，他蓦然发现母亲已是白发如雪，憔悴苍颜。没过多久，母亲就离开了人世。

他领着弟妹们披麻戴孝、隆重地安葬了母亲。

在整理母亲遗物时，从那只祖传的樟木箱子里，他翻看到了一册中学课本，那是母亲以前用来夹鞋样的。他翻开一看，啊？书内夹着的竟是整齐的一张张车票，都是他当年每月回家探望母亲时坐车的证明。

他的泪水止不住再次奔涌而出。他悔恨啊，母亲健在的时候自己为什么不多回几次家看看呢？他又突然记起，这么多年来，母亲竟然从没有在他四室二厅的家里住过一晚。

回去时，他只带走了那一张张当年的车票。

他常常对那些父母尚在的朋友们讲起车票的故事，让他们懂得父母对子女有一种怎样的牵挂。他说，常回家探望几次父母吧，即使看看就走也好，不然，也许某一天你就会陷入无限的悔恨之中。

当小张从那"一沓花花绿绿的车票"中感受到母亲的牵挂，当再没有人翻他的衣袋时，他才知道自己失去了什么，他一直躁动的心才开始被母亲的大爱融化为安静，但此时他也只能后悔了，因为他再也回不去了。

有一个成语叫"咫尺天涯"，有时拿来形容成年子女和父母的关系很贴切。当我们有了自己的生存能力，自己的朋友圈，我们会变得和父母越来越疏远，即便住得很近，也会用各种理由推托，不想去看望父母。直到有一天，父母已经老得像我们幼时一样，无法独立生活，我们才会幡然发现，这么多年，父母始终为我们消耗着他们的生命。

幸福，这个含义丰富的词语对于你我来说，可能要用金钱才能换来，但对于父母来说，只要孩子能经常回家看看，那就是莫大的幸福。

有时间，多回家看看吧。

父母的零花钱不能少

有一段时间，网上流传过一则关于张娜拉的新闻。说的是张娜拉从出道以来，她挣的钱一直交给父母管理，身为经纪人的父亲对她要求很严，张娜拉经常要向父亲恳求多一点零花钱。韩国甚至有媒体认为其父朱虎声有虐待女儿的嫌疑。对此，张娜拉的回应理直气壮："我赚钱给父母是应该的，这些钱就是给他们用的。"

这个问题的确应该理直气壮。网上有人发帖讨论，说："我小姑家每月收入不到3000元，但因我们每月给父母的钱多，所以，她每个月也给父母200元。可是我有个朋友月收入15 000元，给父母也是200元。另有一个朋友，月薪5000多元，却从来不给。请问有没有一个大家都认可的比例呢？"回帖的人很多，看法也各不相同。但这样的局面，却有一种算计的味道。什么时候开始，给父母钱竟成了一个可以被规范成某种数额的举动了呢？像交水电煤气费一样？

只有一个人回答得像张娜拉一样理直气壮："有必要这么计较给父母多少钱吗？我爸妈从怀我到我大学毕业就把一个人的全部收入一分不动地给了我，如果要回报的话，这辈子都难还清。当子女的难道只希望父母解决温饱吗？"

有人在结婚前，曾经给自己算过几笔细账。大概也就是，现在工资多少，奖金多少，每个月花销又是多少，再估计一下物价增长的速度，还要买房子、存钱、保险，等等，最后，思考他需要如何努力，生活水准才能够在温饱线以上，或者更高一点，甚至，做好生孩子的准备。算到这一部分，发现账目陡然增加。从婴儿期开始，奶粉、婴儿用品、玩具、医药费，大一点以后的学费、生活费……可想而知，他这笔账算得有多细。结果，把他吓了一跳。

一个人从小长到大，怎么会需要这么多钱呢？于是他便不由自主地联想到自己小时候。

那又是另外一笔细账了。20 世纪 70 年代，尽管普通人的开销不像现在这么高，但家境还是比较窘迫。可以想象他的出生给父母带来了多少负担。只是那时的账已经无法一笔笔地去求证了。

如果按照现在的物价水平估算一下，7 岁以前，算上衣服、奶粉、医药费等，就算每个月平均开销为 200 元，1 年就是 2400 元，7 年，就是 16 800 元。7 岁开始上学，到 12 岁小学毕业，学费和书本费大概每年 30 元，按照现在的消费水平换算一下的话，就算是 300 元，5 年就是 1500 元。每月的生活费计算为 300 元，1 年就是 3600 元，5 年就是 18 000 元。初中，12～15 岁，那时学费略涨，记得初三时的学费已经涨到 100 多元，按照平均每年 100 元的学费计算，再加上各种补习班，然后再换算，每年的学费就算是 400 元吧，3 年就是 1200 元。那时开始长身体，衣服换得比较频繁，也很能吃，偶尔还要吃零食，这些都算上的话，就按现在人民币的 40 元计，3 年就是 14 400 元。至此，初中毕业时，他已经花掉了父母 51 900 元。

高中和大学的花费很大。高中时，他上的是重点中学，由于并非在免学费的录取范围内，每年的学费就要 2000 多元。那时是 1990 年，尽管家里的条件变好了，但是 2000 多元对父母来说，还是一笔非常大的开支。而且要不断地买很多学习资料，还要住校，交住宿费和餐饮费，加上周末回家的车费，以及买杂志、磁带，过年过节还要买随身听、衣服等，平均算下来，每个月至少是 500 元。这样 3 年下来，算上学费和生活费，总共就是 24 000 多元。

至于上大学的费用，那就是一笔算不清的账了。他只记得那时的学费大约是 3000 元，生活费每个月 600 多元，甚至经常还不够花。算下来，大学 4 年，学费按 10 000 元计算，生活费按每月 600 元计算，总共就是 38 800 元。

至此，到他大学毕业时，花费已经超过了 11 万元。然而，这还只是一个保守数字。真正的数字，一定比这更庞大。更何况，在参加工作之前，他还一直接受着父母的资助。后来工作了，偶尔遇到困难，也还是会向父母要钱……算到最后，他发现，这笔账是算不清的。

这笔账，不管有没有详细的数目，凡是做子女的，大概都不能坦然地忘记。这就像要不要回报父母这个问题一样，是毋庸置疑的。刚从学校毕业的那年，诸多梦想中的一个，就是把自己平生挣来的第一笔工资全部交给父母，相信很多人都曾经这么想过，也这么做过。此后的很多年里，父母都可以回忆起那天，你带着兴冲冲又有点神秘的表情，在饭桌上递给他们一个信封。等他们打开，惊讶地看见那几张纸币时，你骄傲地对他们说："这是我的第一笔工资。"那一刻无论是对你，还是对父母来说，都是至关重要的。在他们的眼里，你长大了，懂得孝敬爸妈了。在你看来自己终于可以承担起某种你尚未体验过的责任了。

你的第一笔工资，后来去了哪里，不同的人有不同的故事。在小山的故事里，她的妈妈瞒着她，偷偷把钱存了起来。直到很久以后的一个冬天，她周末回家探望父母，发现大白天的，爸妈正用一盆热水洗脚。她就问："怎么白天洗脚？"妈妈不好意思地告诉她："天太冷了，倒盆热水暖和一下。"小山的心里顿时特别难受，说："怎么不开空调呢？"妈妈这才告诉她，空调早就坏了，修也没修好。那是一部很老的空调，也到了该换的时候了。可年终奖还没发，而小山工资不高，加上又是年轻人，基本上没有多少积蓄，一时间不知道到哪里去找几千元钱来。眼看着小山就要打电话向朋友借钱了，妈妈这才拿出那本存折。

小山一看，便知道那是怎么回事。不仅因为那本存折上只有存款、没有取款，而且每次存款数额与她给家里的汇款数额相同。当她翻到第一页，便看见了那个日期，她第一次把工资带回家的第二天。此后，每隔一个月，存折上总会存进几百元钱，到了年终，才有上千元存入。两年多下来，已经存了近两万元。

小山又是心疼，又是感动。自己给家里的钱，父母居然一分不花。如果不是空调坏了，不知他们还要瞒她多久。

有人曾经把子女和父母在其一生中的关系形容为一条抛物线。儿时依赖，青少年叛逆，到了中年，对人生有了些许感悟时，又再次理解并贴近父母。孝顺，在一生中的很多时候，可以被理解为不同的内容。

孝顺其实更像是一种梦想：回报你爱的亲人——每个人小时候大概都梦想过吧。想到自己长大后能赚钱，给爸爸，给妈妈；给父母买很多好吃的，买很多好看的衣服，为他们减轻烦恼，摆脱他们的照顾，反过来照顾他们。

其实在很多家庭里，父母的收入比较稳定，有退休金、养老保险金、医疗保险金，又没有太大的负担和花销，经济条件或许比一些刚参加工作的年轻人要好，看上去，给不给父母钱，显得无关紧要。小山把第一次挣到的一沓薄薄的纸币递到父母面前时，还传达了另一个意思：爸妈，我已经有能力赡养你们了，我希望你们过得好。

父母并不需要我们给他们太多的零用钱来让他们过多么奢侈的生活，父母对儿女从来都是别无所求的。很多时候，给父母零花钱的象征意义要大于实际意义，就像每一朵花背后都有它的花语，我们交给父母的那一沓零用钱的花语是：爸、妈，我爱你们。

你可以吝啬金钱，但千万不要吝啬爱的回报。

死亡让我们学会珍惜

你可曾注意过街道旁那些色彩艳丽的花朵，其中有一朵显得格格不入的白色小花，它小小的花瓣看起来竟那么脆弱，然而却在微风中骄傲地轻轻摇摆着。

但当一场狂风暴雨之后，你再次途经那里，发现那朵白色小花不见了。

你并未感到悲伤，因为它曾经那样绚丽地绽放过。

对于小默来说，那一件事，无疑就像一场战争一样突如其来地爆发了。她站在人满为患的急诊室里，看着奄奄一息的病人被推进推出，听见远处家属的争吵，目睹了医生们堆满冷漠的恐怖表情，鼻端传来血的味道和奇怪的呼吸声。与其说是呼吸，不如形容成徒劳的挣扎。

在母亲的劝说下，她没能等到最后。回到家里不久，她接到了妹妹打来的电话，接起电话迎面砸来的是如此梦幻的开场白："姥姥走了……"

挂上电话，她一边穿上羽绒服和鞋子，一边用一种哭腔不断小声呼唤着同样的内容，然后匆匆出了家门，手套和围巾通通忘了戴。楼道里寂静无声，她抬头看着电梯上方变化的数字，一种极其不真实的感觉在大脑中汹涌，继而化作温热的泪水浮上眼眶。

来到外面，她立刻流着泪在寒冷的冬夜里难看地奔跑起来，与其说她的奔跑是在赶往哪里，不如说是在逃离什么。

跑着跑着，混乱的思绪中闪出一个褪色的画面。

画面停留在一部橘黄色拨盘式电话上。这时，电话突然响了起来，刺耳的铃声粗鲁地打破了宁静的午后。年幼的小默迫不及待地抓起听筒，随即露出一脸失望的表情。

那是大约 16 年前的一个春天。

她的膝盖紧贴着硬邦邦的灰色沙发套，戳在压着老照片的玻璃板上的胳膊肘因为过于瘦弱而隐隐作痛。写字台上蠢笨的大收音机正在放着广播，明晃晃的窗户外面是一个栽有石榴树的小庭院，野猫慢悠悠地踱过仓库的房顶，然后优雅地跳下院子的围墙。

"他不在，您晚上再打来吧……"

每次说这样的话时，小默都怀着紧张的心情，伪装成一种小大人似的口气，不过仍旧显得笨嘴拙舌的。挂了电话，她去卧室的木柜子里取出一个铁盒，铁盒里装着所剩无几的 1 元硬币，她哗啦啦翻弄了两下，然后跑到厨房，跟正在准备晚饭的姥姥提出要两块钱。

姥姥背对着小默，她穿着一件薄薄的蓝色褂子，上面有许多美丽的小碎花。姥姥空出一只手从裤兜里掏出一张 1 元的纸币，两个 5 分的硬币掉在了地上，姥姥那破旧的内兜翻在了外面，小默接过湿漉漉、皱巴巴的纸币，弯腰捡起那两枚硬币，嘴里故意用姥姥听得到的音量嘟囔了一句"真抠门儿"，随即像个胜利者似的跑了出去。

到了吃晚饭的时候，小默一如往常落在了最后。她慢吞吞地咀嚼着饭菜，不一会儿就放下筷子别扭地重复着："吃不了了，我吃不了了……"姥姥拿起一个勺子，往小默一片狼藉的饭碗里分别盛了几勺菜，又淋了一些菜汤，然后把饭菜一勺一勺地递到她的嘴边。小默边吃边皱着眉头，没吃几口就含糊不清地抱怨道："不想吃了，不想吃了……"姥姥把一杯白开水送到小默的手里，自己三口两口将剩下的饭菜吃完，接着以麻利的动作把桌子清理干净。

吃罢晚饭，小默闷闷不乐地坐在床沿上，院子里传来蝈蝈愉快的叫声。今晚妈妈也不会来了吧？一股与年龄不符的巨大的孤独感包围着她，在这个说不清楚是哪里的地方，她对家的概念完全崩塌了，甚至连"想有个家"的欲望都已消失殆尽。

白色纱帘轻轻地摇曳着，温柔的夏夜伴随湖水的味道飘然而至。夜里，月光照着小默熟睡的侧脸，她将瘦弱的胳膊搭在姥姥的背上。

那是一个微微起伏着的、鲜活的背，小默蓦地发觉，在那段痛苦的童年里，给予她最多安全感的不是父亲那种如山峰般宽厚的背，相反，她所依靠的竟是这样一个瘦削的、脆弱的背！已经忘了究竟多少次，她在半睡半醒之间把这样的背当成了妈妈的背，如同此刻，年幼的她也只是把姥姥的背看作一个幻影、一个替代品吧。

想起这些，小默的眼中再次噙满悔恨与痛惜的泪。

诚然，身处无限轮回、变更的时代里，小小的生命如同狂风中的花朵一般脆弱。

死亡除了坚强并未教会我们什么真理，宇宙是什么，生命是什么，爱是什么，人生又是什么？我们从哪里来、到哪里去……纵然历尽风雨伤痕累累，我们始终无法参透很多东西。

但唯其如此，只有死亡才能让我们学会珍惜。

哭吧，然后代替死去的人尽情活下去。

世间最有力量的是爱

一个非洲裔美籍家庭，他们的父亲去世了，家人们从父亲的人寿保险中获得了1万美元。

母亲认为这笔遗产是个大好机会，可以让全家搬离哈林贫民区，住进乡间一栋有园子可种花的房子。

聪明的女儿则想利用这笔钱，去实现念医学院的梦想。然而大儿子提出一个令人难以拒绝的要求。他希望获得这笔钱，好让他和朋友一起开创事业。他告诉家人，这笔钱可以使他功成名就，并让家人生活好转。

母亲虽感到不妥，还是把钱交给了儿子。她承认他从未有过这样的机会，可以获得这笔钱的使用权。然而，儿子的朋友很快带着钱逃之夭夭。失望的儿子只好带着坏消息，告诉家人未来的理想已被偷窃，美好生活的梦想也成为过去。

妹妹用各种难听的话讥讽他，用每一个想得出来的字眼来责骂他。

当她骂得差不多时，母亲插嘴说："我曾教导你要爱他。"

女儿说："爱他？他已没有可爱之处。"

母亲回答："你若不学会这一点，就什么也学不会。你为他掉过眼泪吗？我不是说为了一家人失去了那笔钱，而是为他，为他所经历的一切及他的遭遇。孩子，你想什么时候最应该去爱人，当他们把事情做好，让人感到舒畅的时候？若是那样，你还没有学会，因为那还不是时候。应当在他们最消沉，不再信任自己，受尽环境折磨的时候。孩子，衡量别人时，要用中肯的态度，要明白他走过了多少高山低谷，才成为这样的人。"

有人问，世间最有力量的是什么？那是爱！爱是黑夜中最耀眼的光芒，爱是深谷里最甘甜的清泉，爱能平息愤怒的指责，唤醒远去的灵魂。

无情的嘲讽和尖刻的指责，不能救赎任何人，而爱却可以让我们审视我们的内心。

第九章

时光不老，
我们不散

> > >

WENNUAN
SHIDUIKANGSHIJIANSUOYOU
DEJIANYING

生活没有了友情，将一片冷清

每个人都有朋友，也一定有属于他自己的友情。但是，通常只有当你遇到困难时，你才能知道什么是真正的友情。患难见真情，只有真正的朋友会在你身处困境时帮助你。

小姑娘弗恩家的母猪又下了一窝猪崽儿，其中一只很弱。弗恩的爸爸拿斧子要杀死这头小猪。弗恩拼命把小猪救了下来，给它取名"威尔伯"。威尔伯住进了谷仓里，和牛马羊鹅做了邻居。它感到孤单，非常伤心。

弗恩每天给小威尔伯喂牛奶并跟它一起玩。后来小威尔伯渐渐长大了，结识了不少新伙伴，有小鹅、小羊、小鸭。有一天晚上，突然有谁用细弱的声音喊它："威尔伯，你愿意和我做朋友吗？"就这样，威尔伯认识了和它说话的朋友——灰蜘蛛夏洛特，夏洛特正在谷仓的门框角上织网呢。

日子静静地过去，夏洛特成了威尔伯的好朋友。它既聪明又能干，任何苍蝇蚊子都逃不过它织的网。威尔伯长得越来越胖了。一天，老羊带来了坏消息：主人要在圣诞节前把威尔伯杀掉，做成美味的腌肉和火腿。威尔伯吓坏了，恐惧地尖叫着，大哭起来："我不想死！"夏洛特安慰它："你不会死的。我来想办法救你！"于是夏洛特开始在房上织起一张大网。

清晨，主人惊奇地发现门框的蜘蛛网上，竟然织着这样3个字——王牌猪。

夏洛特用自己的丝在猪栏上织出了被人类视为奇迹的文字，彻底扭转了威尔伯的命运。牧师说是神在暗示，这是一头出类拔萃、非同寻常的猪。消息很快传开了，全国各地的人们从四面八方赶来观看这个奇迹，以为威尔伯是了不起的动物，这一举动最终让威尔伯在集市的大赛中赢得特别奖，和一个安享天命的未来。但，这时，夏洛特的生命却走到了尽头……

在他们时间并不长的友情岁月里，最引人深思的是这样一幕：

"你为什么替我做这些事呢？"威尔伯问，"我真不配，我从来没为你做过什么事。"

"你是我的朋友。"夏洛特回答，"生命本身就是件了不起的东西。我替你织网，因为我喜欢你。生命本身究竟算什么呢？我们生下来，活一阵子，然后去世。一个蜘蛛一生织网捕食，生活未免有点不雅。通过帮助你，也许使我的生活更高尚些。天知道，任何人的生活都能增加一点意义。"

"哦，"威尔伯说，"我不会演说，我没有你的说话天才，可是你救了我，夏洛特，我也情愿为你牺牲生命——真的情愿。"

"我相信你，也感谢你的慷慨情谊。"

就像这个故事中所写的一样，真正的友情是互相帮助，互相关心。所谓真心付出，换来的是一种欣喜的收获。一份付出，换来一份真诚的回报。它没有华丽的言语，也不会厚重到让你无法喘息，就像是久未放晴的冬日里的一缕暖阳，给你带来丝丝温暖。

如果生活没有了友情，将是一片冷清，没有色彩，也没有欢笑。只有友情的存在，才有说不完的话，笑不完的事。让我们共同诉说友情的真谛，呵护真正的友情，让生活变得更加美好。

拥有至交，便拥有了一生的情感需求

上海非常冷的一夜，在多伦美术馆门外排了一条百米长的队伍，而美术馆里已经塞满了人，他们在等着看一个人，他们的上海老乡——陈丹青，还有他的朋友，画家韩辛、林旭东。这3个北漂的上海老男人，在相识40年后，开了一个联展，出了一本作品集——《四十年的故事》。

林旭东：画家，曾为北京广播学院导演系教授，知名纪录电影研究者与推动者、电影评论家。

陈丹青：画家、文艺评论家，以《西藏组画》蜚声画坛，后客居纽约。

韩辛：画家，1972年在"黑画展"上与吴大羽并称为"老小画怪"，旅居海外20多年，为20世纪80至90年代美国华人艺术家中最成功的几位之一。

40年前，他们三人第一次撞见彼此时，林旭东是"老大"，19岁，陈丹青18岁，韩辛才初中毕业，16岁。1971年，当时没有任何画展，也没有美术学院，更没有艺术杂志。这3个文艺小青年的全部家当就是脚踏车、画夹、素描纸笔、脏兮兮的油画摊子，10来册长借不还的翻译小说，以及大把的时间，并且"认定日子永远会这样过下去了，非常绝望，非常开心"。

陈丹青说："我羡慕韩辛的猖狂，爱旭东的淳厚。少年韩辛的画，猩红恶绿，肆无忌惮，是野兽派那路风景，以至小小年纪就被上海官方列入'黑画展览'，与丰子恺、林风眠同座挨斗。迄今我仍然羡慕韩辛猖狂，他的画反衬我的因循而拘谨。"

他们是彼此的玩伴、画友、知己，到老了，还在彼此身边不断地斗嘴，跟小时候一样。韩辛躁动、目空一切，老了老了，显得尤为唠叨；林旭东则永远独自沉静，听他们斗嘴、看书、画画；陈丹青，还是当年他们口中的"上海老侠客""老丹"。陈丹青说："我忽然发现3个老家伙还像刚刚认识时那样：没有单位，没有名分，40年过去，还没学会听命于人，唯一不变的是对心中理想的牵挂，对友情的执着。"

他们40年的友情让他们相互扶持。面对批斗，他们没有倒下；经历时间的沧桑，他们没有改变对梦想的执着。空间的距离并没能冲淡他们对彼此的牵挂。友谊就是这样神奇，它让人面对现实，对未来充满希望。

每个人都有自己挣扎的痛苦与心路历程，每份淡漠下面也都隐藏着很深的寂寞和渴望。默契不过是因理解自己而理解彼此，只有和谐才是身心疲惫时依然不泯的微笑。互相的惦念，互相的牵挂，互相的爱护便是人世间最难得的情感抚慰，是朋友之间最难割舍的真情。好友之间所以能长期共处，正是因为有了这种心灵间的相互依存与默契，唯此孤独的人生才变得丰富而深刻。能够拥有一位好友，一位至交，便拥有了一生的情感需求。好友如衣食，如日月，如自己的影子，最孤独时，无论相隔千里万里，好友都会如期而至，那时即便是默默相对，感受也是雨露的滋润，心静如水，心境如云。

骑士爱情，止乎礼

在梁思成和林徽因的感情生活中，不得不说的一个人是我们伟大的哲学家、逻辑学家金岳霖。他的学术成就非凡，但在思想上却有超乎常人的不理智。他为了林徽因而终身未娶，一直毗邻而居。他爱了林徽因一生，用一生的痴爱和一辈子的坚持蛰伏在林徽因的不远处，关注她的尘世沧桑，相随她的生命悲喜。

金岳霖认识林徽因较晚,他与徐志摩是好朋友,年龄比徐志摩大。缘分使然,这两个好友却先后爱上了民国第一美女林徽因。虽然徐志摩年轻时曾经追求林徽因被拒,但爱情未果,友谊还在。后来,林徽因和梁思成结婚回国后,徐志摩是梁家的常客,他们成了朋友,并影响了林徽因开始诗歌的写作。

　　梁思成和林徽因回国后住在北京,徐志摩经常带金岳霖去梁家做客,经过长时间的交往,金岳霖也喜欢上了林徽因,但那时林徽因不但已经结婚,而且女儿已经3岁,儿子也在当年出生。某天梁思成被林徽因问道:"请问你,有一个女人,现在她同时爱着两个男人,你说她该怎么办?"梁思成辗转了一夜,只答了她:"你是自由的。"当林徽因将梁思成的话告知金岳霖后,金岳霖道:"思成能说这个话,可见他是真正爱着你的,不愿你受一点点委屈,我不能伤害一个真正爱你的人,我退出吧。"

　　金岳霖是学哲学的,他那种纯粹的爱情追求是不可能实现的。深知像林徽因一样的女子他再也无法遇到,于是决定终身不娶。他用自己的高贵品质赢得梁思成的信任,并成为他们夫妇终生的挚友。梁思成曾说:"我们3个人始终是好朋友。我自己在工作上遇到难题也常去请教老金,甚至连我和徽因吵架也常要老金来'仲裁',因为他总是那么理性,把我们因为情绪激动而搞糊涂的问题分析得一清二楚。"可是如此理性的人,却不能理智地克制感情上对林徽因的爱慕。金岳霖无疑是一个痴情的人,但更可贵的是他在取舍之间,懂得成全。他遵从感性的召唤,坚守理性的闸门。

　　后来,金岳霖就长期住在梁家,再也没有分开,他成了梁家的一分子。直到梁思成和林徽因去世以后,他仍然和他们的儿子梁从诫一家生活在一起。金岳霖比较长寿,20世纪80年代初去世,活了90多岁。梁思成和林徽因的儿子梁从诫为他养老送终。金岳霖在自己的回忆录中写道:梁思成、林徽因是我最亲密的朋友。

　　我们看到了金岳霖的为爱成全的品质,我们看到了中世纪欧洲风靡一时的骑士爱情,明知罗敷自有夫,炙热的感情却能发乎情止乎礼。但是更加让人钦佩的是大度的梁思成将情敌转化为朋友，不得不说是一种大丈夫气魄。这三位文化的巨匠，没有因为幸福而陶醉，也没有因为失意而沉沦，他们把心中的爱情化为力量，演绎了自己更为丰富的人生。

以诚待人，结交新朋友

生活中，相识是一场缘分，能有幸成为朋友更是不可多得。也许你们是同学，也许你们是为了追寻同一个梦想而结识，可是还有这样一些人，他们结识新朋友的方式有点特别。

1754年，华盛顿还是一位上校的时候，他率领着部队驻守在亚历山大里亚。在选举弗吉尼亚议会的议员时，有一个名叫威廉·佩恩的人反对华盛顿所支持的候选人。同时，在关于选举的某一个具体问题上，两人形成了对抗。

华盛顿出言不逊，冒犯了佩恩，佩恩一怒之下，将华盛顿一拳打倒在地。华盛顿的部下闻讯，群情激愤，部队马上开了过来，准备教训一下佩恩。华盛顿当场加以阻止，并劝说他们返回营地，就这样一场干戈暂时避免了。

第二天一早，华盛顿派人送给佩恩一张便条，要求他尽快赶到当地的一家小酒店来。佩恩以为华盛顿要和他进行一场决斗，却发现酒店里摆开了丰盛的宴席。华盛顿没带一兵一卒，也没带决斗用的长剑或手枪，而是西装革履，一副绅士派头。

见佩恩进来，他端着酒杯微笑着站了起来，握住佩恩的手，很真诚地说："佩恩先生，人不是上帝，不可能不犯错。昨天的事我是对不起你，不该说那些伤害你的话。不过，你已经采取了挽回自己面子的行动，也可以说是我已为自己的错误遭到了惩罚。如果你认为可以的话，我们把昨天的不愉快通通忘掉，在此碰杯握手，做个朋友好吧？我相信你是不会反对的。"

佩恩感动了，紧紧地握住了华盛顿的手，热泪盈眶地说："华盛顿先生，你是个高尚的人。如果你将来成了伟人，那么，佩恩将会是你永久的追随者和崇拜者。"

佩恩说对了，后来华盛顿果然成为美国人民世代崇敬的伟人。佩恩更没有食言，他到死都是华盛顿的忠实追随者和狂热崇拜者。这是一份打出来的友情。如果当时华盛顿让手下把佩恩狠狠地教训一顿也是非常容易的，但他并没有那样做，而是以向"仇人"伸出和解之手的方式，与佩恩化干戈为玉帛。对于华盛顿来说，更是多了一个真诚的朋友和一份诚挚的友谊。

这是一种宽容。宽容犹如一缕阳光，照耀心中不愉快的角落；宽容又犹如一场春雨，冲去心中的尘埃。古人云："有容乃大。"宽容了别人，也就成全了自己。给别人一些空间，你获得的将是一片天空。正是因为宽容，才使得蔺相如能原谅负荆请罪的廉颇，同心协力治理赵国；也是因为宽容，才使得鲍叔牙不计前嫌，推荐管仲当上了丞相；更是因为宽容，才使得华盛顿与佩恩二人化敌为友。

因此，朋友不仅不用问出身、不用问名利财富，更加可以不计较方式，只要以诚相待，你会发现结交新朋友是一件多么美好的事。

友情的伟大之处就在于和朋友共同成长

东汉时，管宁与华歆为同窗好友。有一天，二人同在园中锄草，发现地里有块金子，管宁对金子视如瓦片，挥锄不止，而华歆则拾起金子放在一旁。又一次，两人同席读书，有达官显贵乘车路过，管宁不受干扰，读书如故，而华歆却出门观看，羡慕不已。管宁见华歆与自己并非真正志同道合的朋友，便割席分坐，自此以后，再也不以华歆为友。

在择友这个问题上，古人交友讲究一个志同道合，所以当道不同时，友情也就不复存在了。志同道合、性格相近的确是一个重要因素，但这不是唯一的标准。像文中的管宁仅仅因为华歆"拾金而掷之去""废书出观"而断定"子非吾友也"是不足取的。人各有志，在择友的时候又何必一定要思想抱负一模一样呢？也许管宁是看出华歆的品性中有类似拜金主义或官本位的一面，但是作为朋友，一定不要用断交的方式抛弃他，而是应该晓之以理，动之以情，好好地劝说，帮他改正缺点。如果当初管宁能够劝说他，而不是离弃，华歆也不会成为别人的鹰犬。

所以，从交友之道来看，管宁是缺乏纳悦他人的气度的。对朋友不能太苛刻，朋友有错误，应该帮他改正，而不是随便就绝交。

与这样一个因发现朋友缺陷而抛弃的故事不同，2011年大热的电影《三个傻瓜》却让我们看到了友情的伟大之处就在于和朋友共同成长。

兰彻是一个热爱生活、敢于创新的优秀青年，在进入大学后结识了两个好友，分别是拉朱和法尔汉。家境平平的法尔汉从小的理想就是做一名摄影师，但迫于家里压力而上了工程学校。出身贫寒的拉朱则是一家人的希望，对工程学充满热爱却因为不自信地迷信神佛一直活得十分畏缩。这样的3个冒着傻气却对生活充满热情的青年成为了好朋友，他们一起帮助失去斗志的学长，一起反抗古板强硬的院长，建立了深厚的友谊。

他们一起困惑，一起迷惘，一起颓废，一起荒唐，更重要的是他们一起成长。

兰彻本身是一个十分优秀的青年，每一年考试都因成绩第一而前排就座，而拉朱和法尔汉因为内心的怯懦而无法真正施展自己的实力，每年都是不及格，面临退学与毕业即失业的压力。但是，在兰彻的影响与帮助下，这两个公认的傻瓜却完成了从乌鸦到凤凰的蜕变。

法尔汉最终鼓起勇气向对自己寄予厚望的父亲表白自己渴望成为摄影师的理想，并用真情打动父亲，获得支持，成为一名全国闻名的摄影师。而拉朱在经历了折断 16 根肋骨和双腿的困境后正视内心的怯懦，自信地坐在轮椅上去参加心仪的大企业的面试，并用自己自信的人生态度折服了众多评委，又通过自己的努力，在 10 年后成为一名出色的工程师，实现了自己的理想。而兰彻也在朋友的鼓励下，鼓足勇气向心上人皮娅告白，最终抱得美人归。

他们在友情中没有因为彼此的缺点而放弃彼此，取而代之的是相互鼓励，在帮助朋友的时候也在实现自我的梦想。

真正的友情是心灵的沟通，情感的交流；是无私的关怀，宝贵的信任；是正直的告白，热情的鼓励。真正的友情是对理想的共同追求，是前进征途中的真诚合作，是困难关头的相互支持，是人生道路上的光明灯塔。

让我们以真诚之心去帮助我们的朋友成长，让我们在共同成长的路上邂逅最诚挚的友情！

信任是友情的基石

真正的友谊，是人们在交往中相互理解、相互信任的基础上建立起来的亲密情谊。友谊的基础是相互之间的信任。因为信任，我们得到了朋友的支持与鼓励；因为信任，心与心的距离在缩短；因为信任，让人越发懂得友情的珍贵、生命的美丽。

信任是友情的基石，世界上如果没有信任，友情将失去存在的基础。朋友之间不敢交心，每个角落都是尔虞我诈，社会将毫无温情可言。

有一个故事，公元前 4 世纪，意大利有一个叫皮斯阿司的年轻人被判了绞刑。他是个孝子，临死前最大的愿望是和千里之外的母亲见上一面。国王同意了他的要求，但同时要求必须有一个人来代替他坐牢。一个叫达蒙的朋友愿意帮助他。

时间一点点过去了，行刑的时间到了，皮斯阿司还没有回来，国王决定处死达蒙。达蒙没有害怕，他相信皮斯阿司不会背叛他，一定是有事耽搁了，他愿意替他死。就在绞索套在脖子上的一刹那，皮斯阿司终于赶到了。国王很感动，决定赦免他的罪。

我们不得不钦佩他们之间的友谊，生死关头，只有真正的友谊才能让人做到这一切，而它依赖的正是彼此间的充分信任，内心无比强大的信任让他们能不相互背弃。

朋友之间若失去信任，彼此间就不再有温暖，冬天的寒冷与冰霜会袭上心头，两个人之间会产生隔膜，甚至走上敌对的方向。

三国时期，曹操被官兵追赶，幸遇父亲老友吕伯奢。他邀请曹操去家中避难，然后外出打酒买菜。多疑的曹操却因为听到磨刀的声音怀疑是要害自己，而杀了朋友全家。悔则悔矣，但已经于事无补。曹操不信任朋友，不相信有真正的友谊，所以注定了他的孤独。

朋友之间是需要信任的，真正的友谊是经过千百次的挫折打磨来的，是经得起岁月考验的。而信任，是基础，也是其中最难得的一部分，信任永远是友谊最亮丽的一道风景。

在现实社会中，一个人的成功除了智商及个人努力外，还需要靠旁人的协助与扶持、理解和信任，这就是友谊。但没有信任就没有友谊，反之，没有友谊信任也就不复存在，这是相辅相成的道理。没有信任和友谊，人们会变得多疑、紧张、恐惧。被人信任，是一种难能可贵的荣誉；对人信任，是一种良好的美德和心理品质。夫妻之间相互信任，感情会越加浓郁；同事之间相互信任，隔阂会日渐消融；朋友之间相互信任，距离会越拉越近。人与人之间尽可能多些信任，少些猜疑，人生之旅才会丰富多彩。

真正的友谊是经得起任何狂风暴雨打击的。请不要因为朋友对你的态度一时冷淡而失去对朋友的信任。信任是伸向失望的一双手，一个小小的动作能改变一个人的一生，把信任撒向世界的每一个角落，生活会还你一个奇迹。

萧伯纳曾经说过："你有一个苹果，我有一个苹果，我们彼此交换每人依旧只有一个苹果；但是，假如你有一种思想，我有一种思想，我们彼此交换就可以有两种思想。"同样的道理，假如我们共同担当的是风雨，那么我们是不是在彼此交换过后，每个人就只剩下一半的忧愁了呢？又比如，假如我们分享的是阳光，那么我们在彼此交换过后，双方是不是都获得了更多的阳光了呢？

夏天的时候，小熊家后院里种的茉莉花，开出了香香的小白花。

"真香啊。"小动物们说，他们每天都跑到小熊家去闻花香。

"我并不觉得香啊。"小熊问熊妈妈，"是不是我鼻子坏了，闻不出花香了？"

"不，只因你生活在花香里。"熊妈妈说。小熊笑了。

第二天，当小动物们又来闻茉莉花香时，小熊便采下好多花，让他们带回家去。

小动物们惊慌地缩回手说："小熊，我们不要，我们只想来闻花香。"

"带回家去吧！"小熊说，"让更多的人能闻到花香，那有多好。"

没几天，小熊家的茉莉花被采光了。

夜里，小熊和熊妈妈坐在院子里喝茶。小熊望着只剩下绿叶的茉莉花有点伤心。

突然，熊妈妈问小熊："你闻闻，有什么味？"

小熊深深地吸了口气，噢，整个天空中似乎都有一股淡淡的茉莉花香呢。

"真香啊。"小熊说完，自豪地笑了。因为她知道，这份清香，是她亲手传播的啊！

也许你不向往《水浒传》中梁山好汉啸聚山林的英雄气概，但是不能不被他们的手足之情所打动，因为在那里你能看见他们同甘苦的精神；也许你不向往《三国演义》中各路豪杰尔虞我诈的阴险狡猾，可是你不得不欣赏关云长过五关斩六将，只为一个义字的牺牲精神，因为在那里你能看见他与好友共患难的精神。面对人生的风雨，友情也为你撑起了一片晴空。

唐代柳宗元与刘禹锡是一对志同道合的好朋友。唐顺宗时，王叔文等人掀起了一个政治革新运动，刘、柳同为这个集团的主要成员，在地主阶级内部保守派与革新派的政治斗争中，表现出了顽强不屈的战斗精神。革新运动被镇压后，两人都遭贬谪。元和十年（815年），柳宗元由永州司马移为柳州刺史，这时，刘禹锡也由朗州司马移为播州刺史。播州位处蛮荒，远在万里之外，刘禹锡母亲年事已高，携行十分不便，若留母独行，母子二人恐成永诀。柳宗元决定为朋友排忧解难，他上疏朝廷，请以柳州相换。结果，刘禹锡被调往连州。

他们的深情厚谊，千古年来被人艳羡不已。

将快乐分享，世界多出几分快乐；将痛苦分担，你将少几分忧色。分享与分担，让你的人生因为有友情的照耀而格外明亮温暖。

付出是友情重要的一面

美国著名成功学作家卡内基曾这样说过："寻求快乐的一个很好的途径是不要期望他人的感恩，付出是一种享受施与的快乐。"同样，迈向友情的第一步就是对他人付出真心的帮助，而且这个帮助还要及时才会有效。

一个有钱人对爱因斯坦抱怨："谁都不喜欢我，他们说我太自私小气。可是我的遗嘱上已经写好，要把我所有的财产捐给一家慈善机构了。"

爱因斯坦说："也许有个牛和猪的故事可以给你一点启示。有一头猪到牛那里，对牛抱怨：'别人总是说你很友善，这点倒也没错，因为你给他们牛奶。可是他们从我身上带走的东西更多啊，他们得到的香肠、火腿、肉不都是我的吗？连我的猪蹄子都拿去了。可是，谁都不喜欢我，对人来说，我就是一只让人讨厌的猪，怎么会这样呢？'牛想了一会儿说：'可能是因为我在活的时候就给他们了。'"

是的，友情是需要我们及时付出，在朋友需要帮助的时候给予最诚挚的帮助，这样才能真正让自己的关心发挥最大的作用，而不是等到事情都过去了才想起来帮助朋友，那时候一切都尘埃落定，帮助也许就没有什么意义了。

鲁肃是三国时期东吴的名将，他出身士族，家产丰厚。他从小就习文练武，时刻准备建功立业。很快，他成了远近闻名的有识之士。

当时，年少有为的周瑜在袁术手下担任居巢长。他听说鲁肃也是一个少见的人才，便很想结识他。

不久，周瑜便决定去拜访鲁肃。他带着几百名士兵故意从鲁肃家门前经过去拜访鲁肃。寒暄过后，他对鲁肃说："小弟军中乏粮，不知鲁兄能否资助军粮？"

鲁肃看到周瑜仪表堂堂，心里颇有几分敬意，有心与他结交。听他说要借军粮，心想正好做个见面礼吧，便不假思索地一口答应。他带着周瑜到自己家后院米仓前说："这里有两囤米。每囤有三千石，你随便取一囤好了。"

周瑜听了非常感动，对鲁肃的慷慨大度和高尚品格十分赞赏。此后，二人往来密切，结成莫逆之交。

后来，袁术也听到了鲁肃的名声，为加强实力，便任命鲁肃为东城长。不多时，鲁肃发现袁术的诸多不足，认为他成不了大业，便带部下投奔了周瑜，接着二人一起投奔孙策。

公元 200 年，孙策死后，年仅 19 岁的孙权开始掌管东吴的军政大权。孙策临终时对孙权说："今后，内务请教张昭，用兵请教周瑜。"

周瑜不辱使命，从外地赶回吴郡，辅佐孙权，还对孙权说："张昭有见识，我的能力很差，恐怕辜负你兄的托付。我愿意推荐一个人，一起来帮助你。"

孙权一听，很高兴："你说的是谁？"周瑜说："我认识一个人，名叫鲁肃，他是临淮东城人，很有军事才能，学识渊博，有抱负。"孙权听了，点头称赞并表示同意，就让周瑜把鲁肃请来，为自己身边增添了一个出谋划策的助手。从此，周瑜与鲁肃一起成了孙权的左膀右臂。在建立孙吴政权过程中，他们做出了卓越的贡献。

　　鲁肃慷慨热情指困相赠的行为让他结交了周瑜这样一个真诚的朋友，同样，《水浒传》里的宋江之所以知交满天下，就是因为他能在他人有难时及时伸出援助之手，让他获得"及时雨"的美名。这让他受到无数英雄的真心追随，并被推举为梁山好汉的首领。

　　张爱玲有句名言：出名要趁早。那么我们可以换个说法，帮助要及时。让我们在朋友需要的时候及时地伸出双手帮他们走出困境，用我们真心的付出让友情之花开得更美更艳。

朋友，是一副耐久的拐杖

　　清代文学家曹雪芹在《红楼梦》中曾说："万两黄金容易得，知心一个也难求。"所以有人就有这样的感叹：人生得一知己足矣。伟大的物理学家爱因斯坦也说："世间最美好的东西，莫过于有几个有头脑和正直、严正的朋友。"

　　生活中，朋友能够推动你事业的发展，帮助你实现自己的愿望，给你提供一个能够展示自我才华的机会和舞台；在你遭遇困境的时候，他还会帮你解困，充当"恩人"的角色。但是真挚的友情也经得起寂寞的考验，历久弥香，越久越让我们难以忘怀。

　　她是中文系的美女，追求她的男生数之不尽。他和她一同来自偏远的山区，是一个勤奋、好学的人。他和她搭同一班火车走进这个大学，入学便暗恋着她，但始终不敢表白，只是像个仆人似的心甘情愿地听她调遣，任由她摆布。

　　她是一个爱虚荣的女孩，入学没多久，便努力改善自己的形象，使自己的言行举止像一个地道的都市女孩。每次看到他，她总是心里埋怨"仍是那么老土"。大一下半年，体育系的军用一捧鲜艳的玫瑰打动了她的芳心，她欣然地把少女甜美的爱情交给了那个嘴巴会说甜言蜜语的男生。

军和他不同，有着殷实的家境，总是带着她去吃精美的大餐，去高消费的娱乐城快活……让她小女孩的虚荣像肥皂泡沫一样膨胀起来。对于他善意的提醒"军是一个花花公子，是靠不住的"，她根本听不进去，反倒在心里笑他"吃不到葡萄说葡萄酸"。

当军在校外租了房子，要她过去住时，他心急如焚，急忙赶来劝阻她。可她很开放地说这是时尚，反而说他读书读傻了，什么情调都不懂。

他只好痛心而无奈地让半瓶劣质白酒把自己醉得一塌糊涂。几年的时间，她已经有好几门功课都亮了红灯，逃课早已成为了常事。他想找她坐下来好好谈谈，可每次见到她，她总是一副无所谓的样子，对他爱答不理。

她已经为她的"看得开"去了3次医院，打掉疯狂激情放纵后的负担。而这时候，军竟然移情别恋，和外语系的一个女孩恋爱了。她用眼泪苦苦哀求，最终也没挽回军迷失的花心。

情场和学业都惨败的她，终于经受不住巨大的痛苦，在毕业前夕服了大量的安眠药。幸好被人及时发现，送进了医院。第一个来看望她的却是那个曾经被她笑为"老土"的傻小子。陪在她身边照顾她的仍然是他。

她哭了，她不知道自己和他还能不能成为恋人，但是她知道，她以后永远都不会轻视这份友谊，因为他用时间证明了珍惜。

友情如酒，越久越醇香。只有经受住时间考验的友情才是真正的友情，它总是焕发出最让人心疼的光芒，让人值得珍惜。

歌德与席勒是德国文学史上的两颗巨星，又是一对良师益友。虽然歌德和席勒年龄差十岁，两个人的身世和境遇也截然不同，但共同的志向却让两人的友谊万古长青。

他们相识后，合作出版了文艺刊物《霍伦》，共同出版过讽刺诗集《克赛尼恩》。席勒不断鼓舞歌德的写作热情，歌德深情地对他说："你使我作为诗人而复活了。"在席勒的鼓舞下，歌德一气呵成写出了叙事长诗《赫尔曼和多罗泰》，完成了名著《浮士德》第一部。这时，席勒也完成了他最后一部名著《威廉·退尔》。席勒死时，歌德说："如今我失去了朋友，所以我的存在也丧失了一半。"

27年后，歌德与世长辞，他的遗体和席勒葬在一起。

人们为了纪念歌德和席勒以及追念他俩之间的友谊，竖立了一座两位伟人并肩而立的铜像。这座铜像见证着他们的友谊，也告诉我们：真正的友谊永远经得起时间的考验，不惧怕任何人的诋毁和诬陷。

古人说得好："君子之交淡如水。"这一个"淡"字，摒弃了虚伪，演绎了理智，淡化了沉湎，耐住了寂寞，将友情的尺度把握得恰到好处。是的，友情就是我们人生中耐久的拐杖，支撑着你一路踏实向前。

第十章

唯愿岁月中，
陪你黑发变白首

< < <

永远不要对爱情失去渴望

在浮嚣都市里，人与人之间相互吸引而又相互排斥，相互靠近而又相互远离。在灯红酒绿的华灯照耀下，我们失却了对爱情最初始的守候。于是渐渐地，很多都市男女们在一次次感情的失败后选择不再相信爱情。真爱似乎渐渐远离了我们的生活……

然而爱情是否真的存在？又将到哪里去寻找？

我们也许可以在电影《万有引力》里获得一点提示。

某石油公司审计员高远自从 3 年前和女友分手后，一直过着很有规律的单调生活。每日起床、健身、乘地铁以及常规性每周二坐飞机飞往榆林出差……银幕内外，每一个人——包括他自己——都觉得他的生命如一潭死水一般，波澜不惊。直到在最后一次他还是和往常一样赶往榆林时却被安检人员石晓琳扣留，因为仪器损坏了导致他无法赶上飞机，而这一次他是要将一份合同送往目的地。

这一次无法按时赶到导致他和同事3年的心血付诸东流，上司在电话那头气急败坏。耽误了航班的高远大怒，在机场对着平静如水的石晓琳大吼大叫，可是石晓琳却默默忍受，还积极帮他改签飞机，用尽一切办法进行补救，最终由于天气的关系，高远还是没有赶上飞往榆林的飞机。

正当他在餐厅暗自伤神的时候，石晓琳又出现了，还带着高远习惯吃的饭菜前来安慰，这温馨的举动似乎已经超出了机场工作人员对待客户的范畴。更加让人惊讶的是，她像一个先知一样说出了高远的喜好和近况，还掏出了3年前女友送他的打火机。看着目瞪口呆的高远，石晓琳终于将一切娓娓道来。

原来早在3年前，当他第一次坐飞机慌不择路地找身为工作人员的石晓琳请教如何托运行李时，她就已经默默关注到了他。她亲眼看着他从一个青涩的新晋菜鸟成长为一个成熟的白领，看着他在送心爱的女友出国时哭得像个孩子，更目送因为失恋而喝得大醉酩酊的他，帮他保管了女友送给他的打火机。

她知道他的一切，而他对她却一无所知。

石晓琳说："3年来，每周二你都来机场，这儿有16条通道，我有十六分之一的机会看见你。以前我总是想早晚有一天我会认识你的。"

终于，在这样一个特殊的时候，让他们拥有了一次独一无二的邂逅，让石晓琳一直等待的爱情有了一个发芽的机会。

在石晓琳的真情告白下，高远麻木的记忆开始复苏，冰封的情感开始解冻，终于明白自己期待的爱情其实一直就在身边。

在我们的人生中，无论我们经历过怎么样的苦难，或者正在面临如何的困境，无论我们的境遇是如何的不一样，可是对于爱情的渴望与守候，是不会有差异的。

其实爱就像万有引力，虽然你不曾看见，却永恒存在。因此，永远不要对爱情失去渴望，也许下一个转角，真爱正在等着你。

真爱值得等待

如果上帝告诉你，会赐予你一段独一无二的真爱，你会愿意用多久的时间去守候？

有人也许会说："1 个月。"他用 1 个月的时间进行各种努力，让真爱靠近。有人也许会说："1 年。"1 年的光阴足够考量他的耐心与诚意。也有人会说，10 年，毕竟是真爱啊，值得用久一点的时间来等候。只有为数不多的人，没有任何话语，却用自己一生的时间去守候自己心里唯一的爱。

到底有多少人在用 10 年的时间来等待一份真爱的来临呢？大部分的人，积极寻求属于自己的真爱，但是也许是时间不对，也许是没有机缘，又或者是距离导致分离。在等候真爱的这一段漫长光阴里，太多的人有太多的无奈与遗憾。

在我们的生活里，不是每一个人都能拥有一份幸运，在对爱情刚刚启蒙的时候就能拥有一份契合的真爱。太多的人在不懂爱情的时候开始了自己的真爱，可是因为不成熟，因为错过，因为误会，我们最终失去了真爱。可是还有更多的人在真爱还没有到来之前，因为耐不住长久的等待，随便凑合过了一生。因为我们都害怕，害怕关于真爱，只是一个永远不可能实现的童话。

现实中却偏偏存在着这样的童话。

2006 年底，49 岁却依然单身的铁凝当选为中国作家协会主席，此后她的情感生活就成为人们关注的焦点。每当有记者问及此事，铁凝常常会提起 1991 年，34 岁的她与冰心老人的一次对话。

冰心老人问："铁凝，你有男朋友了吗？"铁凝说："哎呀，我还没找呢。"她说："你不要找，你要等。"冰心给予铁凝这样一个贴心的忠告是用自己那丰富的人生智慧告诉她，这个等不是一个被动的躲闪，它里边其实也有一个积极的等待。这当中的种种的不适合你的确没必要凑合，但是时机真来了的话，相信你也不会错过。

2007 年 4 月 26 日，铁凝与经济学家华生结为秦晋之好，这是 50 岁的铁凝第一次品尝婚姻的甜蜜。谈到对丈夫华生的评价，铁凝只说了一句话：他是我一生可以相依为命的人。

面对这一次真爱的守候，铁凝是这样说的："我不是一个独身主义者，我从来没有做过这样的宣布。随着年龄的增长，你会觉得两个人走在一起，心甘情愿地在一起生活、过日子，不是很容易的事。20 岁的时候，你可能会觉得很容易。但当你年龄一天天大了以后，你越发会觉得，有一段好的情感，有一个你心甘情愿跟他相伴终生的人很不容易。"

真爱就是有一天那个人走进了你的生命，然后陪着你一起慢慢变老。到那一刻，你会明白，真爱总是值得等待的。真爱因为得之不易，因为经得起等待，所以才会让我们更加能体验到其中的甜蜜与幸福。

拒绝浮躁，等待真爱

听过这样一个寓言：

曾经，有一条美丽的小溪，它有最清澈见底的溪水，像姑娘清澈的眼睛。两岸种着美丽的垂柳，像少女的一头秀发。周围是一片鸟语花香，仿佛仙女的轻声浅笑。它就像那倾国倾城的妙人儿，美艳无双，引来了不少倾慕者。

其中一个倾慕者就是热情澎湃的大海，他带着奔腾的海浪呼啸而来，抑制不住自己激动的心情对着小溪深情地呼唤："到我这里来吧，让我们一起去看天边那最美的落日，让我们一起在海鸥的陪伴下迎接每一次壮观的日出，让我们一起遨游世界，走遍天涯海角，去寻访未知的领域。"

可是小溪却厌恶地摆摆手说："你离我远一点儿，你那腥咸的海水把我的鱼儿都吓跑了，你那呼啸的海浪把我的花朵都淹死了，我才不要和你这样粗鲁的人去东奔西跑呢！"

伤心的大海默默地走了……

正当小溪面对来自各地的追求者不知如何抉择时，她听到了一阵阵悠扬的竖琴声，原来是一片躲在层层叠叠的丛林深处的湖泊正一边演奏着竖琴，一边迎风卷起层层涟漪向她温柔地告白："美丽的小溪啊，你是如此高贵优雅。请接受我的爱意吧！我用这清秀的芦苇为你铺就独一无二的婚床，我用这绿油油的水草为你编织绚丽花冠，我们一起演奏动人的爱的旋律。"

小溪听了非常高兴，她兴冲冲地不顾路途的遥远与艰辛，快乐地向着那清幽的湖泊奔去。

可是，一路上数不尽的沙粒吸干了她甘甜的溪水，无尽的沼泽吞噬了她的美貌，火辣辣的太阳最终让她消失在奔向湖泊的途中……

谈及至此，很多人会为小溪而感到扼腕叹息，如果她当时能抵挡住那躲在丛林深处的湖泊的诱惑，耐心等待属于自己的真爱。又或者不是那么虚荣地拒绝真挚的大海的追求也许不至于香消玉殒。

可是，世间能有多少如果？

当下人的浮躁和冲动让很多人执着地去"找"所谓的幸福，不断向外去寻求所谓的目标：欲、情、物。于是，在城市的霓虹灯闪烁下，在酒精的催发下，在空气中丝丝流转的暧昧下，在心灵深处的空虚的驱使下，网络情缘、一夜情顺理成章地发生了。似乎，在那一夜的放纵中获得了一些温度或者安慰，饥渴的情愫得到了暂时的满足，但留下的却是无尽的空虚。

如果因为暂时的空白，你轻易将自己交给了某个等待许久的人，当真爱到来时，你却不得不与其失之交臂，多可惜。

拒绝轻浮，等待真爱的来临，这才是追求真爱的人应该选择的路。在漫长的等待过程中，我们不仅仅是在等待，而且应该细细品味人生。因为我们的生活中其实不需要向外求很多，而更多的是要向内看，即我们需要思考自己心里到底需要什么、如何去做。心灵的宁静和淡泊，是必要的。殊不知，"等待"比"寻找"更能提升我们的生活品质和精神生活。因为人们在等待中、在"退步"中或许会有更多的思考，而思考的结果就是醒悟，真正醒悟之后，我们就会自觉去调整自己的心态和矫正自己的行为，会让我们在真爱来临的时候更加从容不迫。

爱，就是那一瞬间的低头

在公开场合，丈夫总会拉起她的手向新朋友自豪地介绍：她就是我温柔、漂亮的妻子。

这让她所有的女友都羡慕不已。

有一天，一位女友跑来向她倾诉婚姻的不幸。

女友说丈夫在家中喜欢开窗，而女友不喜欢开窗，总是趁着丈夫不注意悄悄把窗户关上，不知道是否因为这个原因，丈夫对自己日渐冷漠……

她只是静静地听，什么也没说。

听完后，她把女友带到书房，书房里悬挂着一幅巨大的照片，背景是上海著名的足球场。照片上，她与丈夫幸福相拥，她的笑容像绽放的花朵一样明艳夺目。女友心中产生了疑问："你喜欢足球吗？"她平静地回答道："不，我不喜欢足球，只喜欢看书与养花。"

她又把女友领到自己的卧室，推开房门，女友眼前出现了非常奇特的一幕：地板全部是绿色的，房间里到处悬挂着罗纳尔多的画像，连枕巾上居然都印有足球的图案。

女友对眼前看到的再一次产生了更大的疑问："你不喜欢足球，为什么把房间布置得像个足球场？"

她仍然以平静的口吻回答："我先生喜欢。"

女友越发糊涂了："但是你不喜欢呀！"

这次，她微笑着反问："想一想，为一个直径只有 22 厘米的足球，而伤害了与我共度了那么多日日夜夜、陪我走过了那么多风风雨雨的男人，值得吗？况且，仅仅如此而已，我还是喜欢着我的书与花，喜欢着作为女人喜欢的事。"

女友被触动了。

看着她那灿烂的笑容，女友顿时有豁然开朗之感。

那天傍晚，女友早早打开窗户站在窗前等候丈夫出现在视野里。

第二天，出门的那一刻，女友终于看到了丈夫嘴角久违的笑意。这天上午，女友一共收到丈夫连续发来的 5 条短信，内容都是相同 3 个字：我爱你。

美国作家塞缪尔·约翰逊在他的小说中有一段关于婚姻的理解："婚姻的成功取决于两个人，而使它失败一个人就已足够。世界上没有绝对幸福圆满的婚姻，幸福只是来自无限的容忍与互相尊重。"

其实，很多人在婚姻上的失败，并非不爱对方，而是从一开始就没弄明白：婚姻从来不是一个人的世界，为爱情而携手走入婚姻的两个人，没有谁不爱谁，只有谁不适应谁。任何人都不是完美的，包括自己倾心相爱的人，总有不如意的地方。

婚姻需要两个人互相为另一个人去改变、去迁就。一个女人不适应一个男人的鼾声，到习惯于没他的鼾声就睡不着觉，这就是婚姻。一个男人习惯了一个女人的任性、撒娇，甚至无理取闹、无事生非，这就是婚姻。婚姻的天长地久就蕴藏在这些看似不可理喻的细节之中。

很多时候就是这样，当我们退了一小步，往往让我们前进一大步。一个半点都不肯让的人，最终只能一无所获、无路可走。

在时间中沉淀的爱情

在渝、川、黔三省市交会处，有一座连绵起伏、人迹罕至的深山，在原始森林覆盖的深山中有一座叫半坡头的高山。2001年秋，一支探险队在山中发现了一座人工修筑的通向山顶的石阶。就是这6000多级人手凿出的石阶，见证了两位隐居在深山老林半个多世纪的老人"执子之手，与子偕老"的绝世爱情！

他们一直亲昵地互称对方为"小伙子"和"老妈子"。"小伙子"叫刘国江，"老妈子"叫徐朝清。1942年6月，6岁的刘国江初见邻村嫁过来的16岁的美丽新娘徐朝清便情窦初开，从此心中发誓长大后要娶像徐姑姑那样美丽的媳妇。

1952年，26岁的徐朝清成了寡妇，独自含辛茹苦抚养4个未成年的孩子，最大的9岁，最小的才1岁。孤儿寡母的可怜遭遇让16岁的刘国江不胜怜惜，他想帮自己心爱的女人，可是招来的却是村里人世俗的眼光和闲言碎语。

4年后，两个相爱的人毅然带上4个孩子私奔到与世隔绝的深山，过起了男耕女织、刀耕火种的原始生活，靠野菜和双手养大了7个孩子。虽然他们远离了人间世俗，可是却在世外找到了属于他们自己的仙境乐土、爱情家园。

为了自己深爱的女人出行安全，刘国江用了整整50年的时间，徒手在峭壁上凿出了一条6000多级石阶的山路，这条山路就是老人用心血铸造的"爱情天阶"。

老人的孩子陆续成年，他们不愿再待在深山老林中，劝说二老跟随他们一同下山，过现代人的生活。老人拒绝了儿女的请求，因为他们早已互相约定在山上终老一生。

可是，长久的厮守终有分别的一天，几年前，刘国江老人突发脑血管破裂瘫倒在地。82岁高龄的徐朝清将老伴安顿在床上，不顾天黑路滑，沿着天梯走了两个多小时，跑到山下儿子家求助，途中多次摔倒。6天后，刘国江在儿子家中去世，留下他钟爱并陪伴一生的女人。在生离死别的最后时刻，夫妻俩执手相望。

老伴去世后，徐朝清一直以泪洗面，反复说不知道今后一个人该怎么办。她说，待自己去后，要和老伴刘国江一起葬在"爱情天阶"的尽头。

这两位老人之间平凡却弥足珍贵的爱情故事，任何人听了都会感动不已。在这个世俗和虚伪的社会，还会有这样一份执着和坚贞的感情，超越一切苦难，数十年如一日地为爱情坚守，怎么能不让人动容。

好莱坞导演伍迪·艾伦对爱情的名言是：爱情就是两个人在一起，努力解决那些独身时永远不会出现的问题。一男一女的相守，比起女人和闺蜜们、男人和哥儿们的相守更困难。坚持这份相守，需要男女双方各自做出忍让和牺牲。男女之间真正的爱情是很短暂的一种情感碰撞。接下来的，是漫漫岁月里一种充满责任感的温情呵护和理性相守。相爱，不难。相守，很难。相守着，并且继续温情脉脉，更难。

爱就像夜空中的焰火，绚丽辉煌，但转瞬即逝。曾经相爱过的人们记住了那一瞬间的灿烂。带着这样的记忆，他们开始琐碎而平凡的生活。他们无数次仰望天空，虽然那里再没有焰火腾飞，但他们仍然能够看到焰火曾经的痕迹和光焰，这是他们长久相守的力量源泉。

让爱情在漫长的岁月里慢慢沉淀，让时间慢慢烘焙出爱情的芳香。

爱就是陪伴一辈子

有一种承诺可以抵达永远，这就是用爱和生命来兑现的承诺，能穿越千年时光而不朽，因此张小娴说："诺言是我答应过你的事，即使时间、环境，所有客观因素改变，我依然会付诸实现。"不管命运如何，始终相依相守、不离不弃，这就是爱情。

1990 年，风华正茂的麦肯金牧师正处于事业的巅峰时期，却毅然决然地将一切功名、成就、收入都放弃，只是为了回归家庭。当时他担任美国哥伦比亚大学校长已经长达 22 年之久，有接不完的演讲邀约和无数的赞誉，为什么会选择这个时候放弃这功成名就的一切呢？原来他挚爱的妻子茉莉不幸罹患阿尔兹海默症导致生活无法自理。于是麦肯金牧师决定用余下的岁月好好照料生病的妻子。

有人不解地问："请看护不行吗？送疗养院不行吗？为什么非得让你这个可以帮助无数人的牧师放下一切工作，为的只是照顾一个花钱就可以找人帮忙的生病妻子？"

"不行！"麦肯金牧师恬静又坚决地说，"因为我曾经在上帝的面前承诺：不论富裕或贫穷、健康或疾病、顺境或逆境，我都要爱她、照顾她、呵护她，直到永远！你们可以有别的牧师来牧养，但是茉莉——我的妻子，她只有我这个丈夫可以陪她走人生最后一段路。"

"不论富裕或贫穷、健康或疾病、顺境或逆境，我都要爱她、照顾她、呵护她，直到永远！"这句朴实的承诺是相爱的人走进婚姻殿堂时对真爱的宣言，可是就这样一句看似简单实际需要你用一生来践行的承诺有多少人能真正做到？麦肯金牧师用自己的行动捍卫了自己对爱的承诺，并写下感人至深的《守住一生的承诺》，引起了无数人的共鸣。

是的，也许年少的我们都有着一颗梦想到处游走的心，无数次想背起包离开家，去到外面的世界看一看。也许我们会爬上很高的山，穿越无际的森林，看见令人屏息的悬崖峡谷。也许我们会拥有无尽的财富，流传千古的美名，无限精彩的生活。可是当我们遇见爱情，遇见那个与你有着深刻牵绊的人出现在生活里，也许你也会像麦肯金牧师一样，心甘情愿地慢慢飘落下来，在那个人身边落地生根，与那个人一起长成两棵并肩的树，然后哪儿也不去了，就这么一起相爱相守，看着云朵和星辰在两人头顶的那小片天空日日变幻，无论贫富，不在乎健康或疾病，永远守护他一直到老。

因为真正的爱情能共同承受生活中的痛苦与磨难、幸福与快乐，一生一世。海誓山盟的爱固然令人铭心刻骨，平平淡淡的爱也能地久天长。当时光风化了一切时，只有爱陪我们到地老天荒，只有爱我们的那个他和我们一起慢慢变老。

爱就是一种承诺，一种付出，一种责任。一辈子的承诺就代表你们要相爱一辈子。

爱让我们变得更美好

小水是初中一年级一个平凡的小女孩，她的功课一般（只有英语最好），体育也一般，更要命的是她的长相平凡得让人过目就忘。但这位平凡的女孩偏偏爱上了学校中最优秀、最善良也最帅气的高一男生——阿亮。

身为校园中的风云人物，阿亮从来就是女孩们的焦点，无论是功课、体育还是长相都很出众，让全校的女生都为他疯狂。小水明白自己根本无法与那些优秀的女孩们竞争，她只希望能离阿亮学长近一点，于是她做了很多傻傻的小事，只为能引起阿亮的注意：申请加入舞蹈社哪怕筛选时被喜欢阿亮的同学小菲羞辱；她不惜参加根本没有人喜欢看的话剧社；练习军乐指挥，努力学习只为学生榜上离阿亮学长的名字更靠近……

小水的努力让她在初三时成为学校名副其实的风云人物。她变成了男孩们眼中最可爱、最温柔和最值得追的校花级女孩，但小水心中依然收藏着她那小小的愿望。最后，在初中毕业之时，小水终于鼓足勇气向阿亮表白，却发现阿亮已经在一个星期前接受了小彬学姐，两人又一次错过。其实，阿亮没有和小彬学姐在一起，是出于当初对好友的承诺，隐藏了自己的真实感情。

其实在长期的相处中，小水的种种努力阿亮都看在眼里，感动在心里，对这样一个执着的女孩早就心生好感。可是阴差阳错，阿亮的好友阿拓追求小水被拒绝，伤心欲绝的阿拓要求阿亮不要喜欢小水。重义气的阿亮为了对兄弟阿拓的承诺，把对小水的爱深深地埋在了心里，那点点滴滴的美好记忆也被尘封在阿亮的相册里。

面对小水的表白，阿亮既欢喜又痛苦，他只有将对小水的爱变成默默的祝福，最终，那些没有勇气说出的话，随着阿亮的照片一点一滴地表达了出来。这让我们知道，小水的努力并不是阿亮学长没有看见，只是那些不凑巧的原因让他们隔开了。后来小水去美国学习，阿亮则成为职业足球运动员。

9年以后，两个人都有了各自的成就，小水成为一名出色的服装设计师，阿亮则从一名超级球星成功转型为一名摄影师。在一次小水回国后的节目采访现场，主持人请来了阿亮学长，时隔9年，两人再一次相见，小水问阿亮有没有结婚，而阿亮回答，我一直等那个人从美国回来……小水笑着哭了。

这就是泰国电影《初恋这件小事》。小水的经历让我们知道，初恋是一件很小的事，它来过，在你的心里留下过痕迹。可是爱情的力量是无穷的，它会让你成熟，会让我们感到自己的卑微，让我们不断努力让自己变得更美好，不断去攀登一座座的高峰，只为接近心里所爱的那个人。我们要在一场又一场的爱情中完美自己，就像小水在爱中感悟并成长，而这一切最终会缔造一个奇迹，这就是真爱的力量。

洁身自好，忠于爱人

有一位老人，在湖边看了30多年的天鹅。他喜欢这些美丽的大鸟，甚至，对它们近乎崇拜。

每年冬天来临，天鹅要迁徙的时候，他都会默默地站在湖边，为它们送行。

第二年春天，它们陆续飞来，他总是要撒许多的食物，庆贺它们完好无损地归来。尤其是两只原本单飞的天鹅，终于并肩飞翔的时候，他比自己结婚还要兴奋，常会拉上妻子，一起为它们的结合祝福。

有人问他："为什么如此喜爱这些与你毫无利益关系的天鹅？"

他便笑说："比人还要忠诚执着的动物，怎么会不让人喜欢且敬仰呢？"

他用了30年时间终于发现了几乎所有的天鹅都会遵循的一个信念："当两只天鹅开始相爱，它们的眼里，便再没有了别的天鹅。

"它们不会像人类一样，在许多优秀的人选面前摇摆不定，甚至将爱同时分给许多个人。它们一旦确定了要开始一段爱情，那么，这爱情的路上，便只允许两只鸟同行。

"每年迁徙季节来临的时候，它们的爱情便也开始了一段重要的考验期。它们无法确定对方是不是一生厮守的爱人，于是它们选择用时间来考验这段爱情。它们放弃日日厮守的温情，只不过是为了更长时间的厮守和相爱。于是它们便跟着各自的队伍，毫不犹豫地转身飞走。

"在这样的分离里，它们要摆脱掉寂寞与思念的折磨，还可能面临生死的考验，以及其他天鹅发出的爱的信号。但是，这一切都因为远隔天涯的另一半而变得微不足道。

"人类可以在分处两地的时候，借助方便的通信，保持密切的联系。但它们什么也没有，除了心底埋藏的爱与温柔，忠贞与执着。

"但这些远比人类发达的通信工具，更具持久性和永恒性。来年的春天，如果其中一只没有发生意外，它们会继续这段爱情，一起在水草丰美的湖面上翩翩起舞。

"这样的考验，要经过漫长的3年。在这3年里，它们始终只爱着这一只，它们的心里，也始终只保留这一段爱情。

"当3年的考验期结束，如果两只天鹅觉得无法将爱情继续下去，它们便会友好地分手。但是，如果它们依然彼此爱恋，其中的一只，便会毅然地与自己跟随了许多年的队伍分开，转而飞向另一半的行列。而且，自此，一直到彼此死去，再不分离或是背叛。"

老人所记得的每一对天鹅，几乎都经过了这样漫长的考验："它们认定，唯有如此得来的爱情，才值得珍惜和拥有。"

他说："相比常因琐事而冷漠分手的人类，难道天鹅在爱情上，不是达到一种更高的境界了吗？这样的忠诚和信念，又岂是自称为最具情感的人类所能相比的？"

有很多女孩子，她们挑挑拣拣，最后，常常发现，最初丢掉的那一个，才是自己的最爱。即便是彼此结合，当初认定要天长地久的那份爱情，也常常会因为琐事、工作、性格而分离，最终变得千疮百孔，无法收拾。

我们常常抱怨爱情太过脆弱，岂不知，真正脆弱的，其实是我们自己。我们的心，像那易碎的瓷器，在爱情的路途上，稍有磕碰，便会碎裂。

我们要将爱情养在坚实的大地上。只有土地，最能让那爱情的根须，努力地向下，再向下。任我们相距怎样遥远，任时间怎样漫长，那爱情的根须，都永远是生机勃勃，坚韧执着。

爱情来了，拥抱多彩人生

亲情、友情和爱情是每一个人一生都要面对的三大课题，经历了亲情、友情和爱情之后的人生才算完整。除了亲情之外，人们，尤其是年轻人，总是对爱情和友情之间的界限难以把握。青春期又是一个身体和心理双重发展的时期，如果对于友情和爱情处理不好，会影响到今后的生活，甚至是一生的幸福。

一个充满稚气的大男孩理查，与一个同样充满稚气的大女孩安妮玩得很好，两人感情很融洽。"你们在相爱！"旁人评论说。

"是吗？我们在相爱吗？"他们问别人，也问自己。是的，弄不清自己是在与对方相爱，还是在与对方享受朋友间的友谊。于是，他们去问智者。

"告诉我们友谊与爱情的区别吧！"他们恳求道。

智者含笑看着两个年轻人，说道：

"你们给我出了一个最难解的难题。爱情和友谊像一对性格迥异的孪生姊妹，她们既相同，又不同。有时，她们很容易区分，有时却无法辨别……"

"请举例说明吧！"大男孩和大女孩说。

"她们都是人间最美好最温馨的情感。当她们给人们带来美、带来善、带来快乐时，她们无法区别；当她们遇到麻烦和波折时，反应就大不相同了。"

"比如……"男孩和女孩问。

"比如，爱情说：你是属于我一个人的；友谊却说：除了我还可以有她和他。

"友谊来了，你会说：请坐请坐；爱情来了，你会拥抱着她，什么也不说。

"爱情的利刃伤了你时，你的心一边流血，你的眼却渴望着她；友谊锋芒刺痛了你时，你会转身而去，拔去芒刺，不再理她。

"友谊远行时，你会笑着说：祝你一路平安！爱情远行时，你会哭着说：请你不要忘了我。

"爱情对你说：我有时是奔涌的波涛，有时是一江春水，有时又像凝结的冰；友谊对你说：我永远是艳阳照耀下的一江春水。

"当你与爱情被追杀至绝路时，你会说：让我们一起拥抱死亡吧；当你与友谊被追杀得走投无路时，你会说：让我们各自找条生路吧。

"当爱情遗弃了你时，你可能大醉三天，大哭三天，又大笑三天；当友谊离你而去时，你可能叹一天气，喝一天茶，又花一天的时间寻找新的友谊。

"当爱情死亡时，你会跪在她的遗体边说，我其实已经同你一起死了；当友谊死亡时，你会默默地为她献上一个花圈，把她的名字刻在你的心碑上，悄然而去……"

大男孩和大女孩相视而笑，他们互相问道：

"当我远行时，你是笑呢还是哭？"

读者朋友们，看了这段小故事，你真正明白什么叫爱情、什么叫友情了吗？或许，懂得爱情并不是一件难事，当爱情悄然而至的时候，你自然就会明白你在爱了。或许，真正懂得爱情，也不是一件容易的事，有好多人一生都没有明白什么叫爱，只是在爱情默然离开的时候，捶胸顿足，扼腕叹息。对于友谊和爱情，每个人都有自己的区分尺度。但是，不管怎样，有一点是可以肯定的，爱情总是较友谊更为炽烈、更为专一、更为投入。当你发现自己真爱上一个人，你的心里便不再容纳其他，而当他的爱逝去，你会觉得失去的是整个世界。

人总会依次经历亲情、友情和爱情，从而逐渐走向成熟和完整。而爱情正是从友情到亲情的过渡阶段。因为爱情，使本来不相干的人，成为一路牵手的人生伴侣。进而在爱情的滋润下，成为亲人。正因为如此，爱情才伟大，才需要我们每个人用心去经营、认真地对待。

爱是生命的源泉。人生当中有快乐，亦有苦恼，一个人承担这些喜怒哀乐会感到无聊或沉重。爱人是最亲密的伴侣，他可以陪你笑，也可以陪你哭，快乐同分享，苦难共分担。因为有了爱情，人生才被装点得更加丰富多彩。

爱要经得起平淡的流年

我们身边，可能有些人谈恋爱时甜甜蜜蜜，而婚后却因为生活上的摩擦滋生许多矛盾，曾经山盟海誓的爱情被婚姻磨去了最后的光泽，两个人终于向生活妥协，以分手告终。

你或正沉醉于对婚姻的憧憬，或正经历着婚姻的苦痛，但不管怎么样，琐事是生活的折射，平淡是生活的倒影，这是生活的真谛。婚姻对很多不善经营的人来说确实是爱情的坟墓，但是只要我们能够明白，缺陷是婚姻的组成部分，并坦然地对待婚姻中的不圆满，用心过好你和另一半的每一天，你和爱人的感情就会在这种可贵的经营下日久弥深。

　　有个女孩子从小就喜欢吃西红柿炒蛋。这个菜做起来很简单：切一个西红柿，打两个鸡蛋，再放一勺糖。有时候，女孩痴痴地想：将来陪我吃西红柿炒蛋的人会是谁呢？

　　她希望他不是军人，也不是医生。他应该是一个高高瘦瘦的青年，有一头浓密的黑发和一双深邃、足以让人陷进去的眼睛。

　　后来的日子里，女孩遇到了好几个符合理想条件的人，但相处短暂的时间之后，结局总是不得不分离。

　　一年又一年，女孩渐渐有些着急和失望了。

　　又一个春天，在郊游的时候，她意外地认识了一个男子——他是一名军医，人高高瘦瘦的，头发稀少，还戴着一副眼镜。

　　相识一周之后，他陪着女孩去补那颗坏了很久的门牙。走在路上，他紧紧握住她的手，靠近她耳边轻轻说："等补好后，我就可以吻你了。"

　　每当他值班时，在黄昏时刻，女孩必然要穿上心爱的长裙，怀里抱一个保温饭盒，穿过长长的充满消毒液气味的走廊，到外科诊室给他送饭。那天，打开饭盒，看见西红柿炒蛋，他惊喜地叫了起来，吃了几口，却忍不住问她："怎么是甜的？难道你做西红柿炒蛋不放盐吗？"

　　偶尔，他也笑着对女孩说："你和我想象中的女朋友完全不一样嘛，只有文凭还对。可是你经常写错单词，念大学时肯定整天打瞌睡、啃指甲……"

　　女孩温柔地摸摸男友微秃的头，忍不住也笑了……

　　女孩终于嫁给了军医。日子很平静，也很幸福。他们经常做两个人都爱吃的西红柿炒蛋，只不过他做的时候加糖，她做的时候一定放盐。

世界并不完美，人生中应当有些不足的地方。对于每个人来讲，不完美的生活是客观存在的，无须怨天尤人。不要再继续偏执了，给自己的心留一条退路，给生活一种平淡的眼神。看看身边的朋友，他们都没活在十全十美的生活中，却都是在柴米油盐中淡淡地幸福着。

想象中的爱情是一种理想，生活中的婚姻是一种现实，如果你用理想的眼光来衡量现实，那么必然要在现实中碰壁。同样，如果你像要求爱情一样来要求你的婚姻，等待你的必然是失败。爱情是一种燃烧的激情，而婚姻是一种平静的心绪，它离不开爱情，但它又不完全是爱情，它是爱情和理智的综合产物。

大多数人的生活都是平平淡淡的，很少人的一生能够轰轰烈烈。爱情也是如此，即使再绚烂多姿、可歌可泣的爱情故事也归于平淡的婚姻，既然如此，我们不如放下对完美婚姻的苛求，放下对伴侣的过高要求，在平淡中弹奏美妙的婚姻协奏曲。

苏小懒说过，爱是平淡的流年。年轻时，爱是热烈的，是非凡的，是炽热的，是浪潮涌动的海边。后来，当我们都不再年轻了之后，爱终于回归于平淡。真正的爱，是柴米油盐酱醋茶。

第十一章

在薄情的世界，
深情地活

〉　〉　〉

WENNUAN
SHIDUIKANGSHIJIANSUOYOU
DEJIANYING

天使看见了她的爱

1974 年，她出生在英国的一个知识分子家庭，很小的时候，她便养成了"自己喜欢的事情就去做"的果敢性格。16 岁那年。学业优异的她，突然迷恋上了舞蹈，她毅然中断学业，进了舞蹈团做了一名舞女。不久，因为欣赏了几次名模表演，她又对模特这一职业发生了兴趣，一番辛苦后，她居然真的走上了 T 型台。但不久，不甘寂寞的她，又被马戏团的种种冒险的表演吸引过去了，经过一段鲜为人知的磕磕碰碰后，她如愿加入了一个马戏团，快乐、自如地表演起了吊环、空转等惊险节目。闲暇时，她还去大峡谷探险，去远海潜水。就这样，她天马行空地做了一件又一件自己喜欢的事情。

22 岁那年，她安静地走进了伦敦大学，主修医学，希望自己能够像当医生的母亲那样，为他人解除伤病的痛苦。后来，她如愿地当上了主治医生。再后来，年轻貌美、能力出众的她，做了英国最大的医疗保健服务公司的主管，年薪十几万英镑。事业蓬勃，生活无忧，她成了令人羡慕的命运宠儿。

然而，2008 年的一次阿富汗探访之旅，又一次改变了她的人生走向。在喀布尔及其周边地区，她走进了那些古风浓郁的原生态的村庄，走进了那些在干旱和贫瘠中坚挺的小树林，也走进了那些低矮的帐篷里，目睹了被人肉炸弹炸伤的妇女、被病魔折磨得瘦弱不堪的儿童，看到了那些无助的眼神，听到了那些痛苦的呻吟……原来，在那块美丽的土地上，还有那么多人需要关爱。而她，仿佛聆听到了生命深处热切的召唤，只一瞬间，她便决定留在那块需要播撒爱的土地上。

一向开朗、乐观的她，在博客上平静地写道："就像受到命运之神的驱使，我立即决定留下来，医治那些不幸的人们，为改善他们的状况付出一切。"

2009 年，她跟随一支人道主义救援队，来到阿富汗北部的一个贫困山区。在那块满是疮痍的土地上，她和队友们一道遍撒爱的足迹，到处留下了她快乐忙碌的身影：帮眼疾的阿婆找回光明，帮难产的孕妇母子平安，让患了流感的儿童又能开心地玩耍……她东奔西走地筹钱，建诊所，组织空运和分发药物，建立慈善组织"阿富汗之桥"，拍摄向世人展示阿富汗妇女痛苦的纪录片……她常常是一分钟前还在做手术，一分钟后又奔赴另一个救援现场。

穿行在战火与恐怖丛生的地域，全力地医治疾病和伤痛，她从不谈主义，也不谈宗教，她只带来医术和药品，只带来心灵的安慰。她羞于被人们称赞为"爱的天使"和"伟大的奉献者"。"我只是做自己想做的事情，帮助人很有乐趣。"这是她简单的心愿，也是她冒着生命危险留在那里的主要原因。

父母特别担忧她的安危，一次次催她赶紧回国；深爱她的男友史密斯，也与她约好了婚期。然而，还有那么多的人，还有那么多的事情，让她牵挂，让她不忍离开。她想再多做一点，再多帮一个人。她说过："很奇怪，这里的人，就像我的亲人，让我想不顾一切地保护他们。"

然而，不幸却晴天霹雳般地降临到了她的头顶。2010 年 8 月 6 日，她和队友顺利完成了巴达赫尚省的一项医疗援助任务，在返回首都喀布尔的途中，他们遭到一伙塔利班武装分子的袭击，她竟被残忍地杀害了。

天使的热血，洒在了她深爱的土地上，她纯净的微笑，定格成了一座爱的丰碑。

她叫吴凯伦，一个带着纯净的爱，在人间行走的美丽女孩。生命绽放绚丽如花，生命凋谢如此令人扼腕痛惜。相信那一缕不散的香魂，将永驻她钟爱的山山水水和无数人的心里。

爱在战争中流淌

1943 年，维特曼还是德国柏林的一个青春不知愁的少年，刚满 16 岁。隆隆的炮声和纳粹狂热的宣传攻势，一遍又一遍地催生着他的英雄梦。6 月份，他瞒着母亲偷偷加入了"婴儿师"，随即被送到了比利时，接受纳粹的训练。

1944 年，维特曼终于走向了战场，这一仗他用他的掷弹筒摧毁了加拿大 27 坦克团的两辆坦克。随着 27 坦克团的溃败，维特曼尝到了胜利的滋味。他天真地认为，盟军会因为溃败而逃之千里，他会在未来的战斗中击毁更多的坦克。为了表彰他在作战中的勇敢，连长特意给他配发了双倍的巧克力和糖果。

这一天，维特曼正在宿营地悠闲地吃着巧克力。可就在这时，灾难已悄悄降临，强大的盟军对他们发起了异常猛烈的报复。天上有数不清的飞机，地上有黑压压的坦克，炮弹将他们的阵地差点掀过来。顷刻间，血肉横飞，维特曼被一发落在他不远处的炮弹震得昏死过去……

激战过去了，维特曼被大雨浇醒，他努力地想站起来，可他发现已失去双腿。强烈的求生欲望驱使着他一点一点地向前爬着，直到他又昏死过去。不知又过了多长时间，维特曼醒了过来，他发现自己躺在一个破旧的房子里，一位比利时老太太正坐在他的旁边，慈祥地看着他。见他醒来，老太太笑了，端来水和面包，一点一点地喂他。"您为什么不杀我？是我们入侵了你们的国家！"维特曼用生硬的比利时语问。老太太慈祥地看着他，没有回答他，只是轻轻地说："孩子，别怕，要活着。"维特曼感动得立刻落下了泪。

盟军展开拉网式排查，搜寻幸存的纳粹兵。一天，一队士兵来到了小村庄，事发突然，老太太根本无法妥善地隐藏维特曼。同样是一个年轻的比利时小兵来到了老太太的家里，推开门，一眼就看到了被藏在柴火后面的维特曼。小兵一愣，立即拉上枪栓准备射击。就在这时，老太太不顾一切地冲上来，与小兵扭打起来。小兵看来极不情愿与老太太扭打，大声地叫喊着："为什么？为什么？"然后抛下老太太直接走了……就这样，过去了半个月，维特曼在老太太的照顾下，伤渐渐地好了起来，他也与老太太建立了深厚的感情。他还是一个孩子，对老太太产生了严重的依赖。

一天清晨，维特曼还在熟睡，老太太叫醒了他，用板车将他送进了一个山洞里，在洞口一个醒目的位置挂了一块很大的红布后就急匆匆地走了。维特曼近乎绝望了，老太太不要他了，他只能饿死在这山洞里。"老太太当初救了我，可现在为什么还要抛弃我？"维特曼无论如何也想不明白。幸运的是，刚过不久，维特曼便被纳粹搜寻队发现了，他做梦都没想到，纳粹还能回来，并能找到他。他的事迹迅速在德国宣传起来，小小的战士被炸掉了双腿，却在深山中顽强地生存下来。维特曼成了英雄，为此，纳粹授予了他"铁十字"勋章。

1972年，维特曼已是国际红十字组织的志愿者。因为比利时老太太曾经救过他的命，为了报恩他收养了10个战争中的比利时孤儿。可他对老太太的思念却越来越强烈，他决定要亲自去看一看老太太。经过一番周折，维特曼终于找到了老太太的村庄，那里因为战争的伤害依然萧条。那座四面漏风的房子还在，只是已经多年没有人住过了。有村民告诉他，老太太早已离开了人世。就在这一天，一位曾见过他、如今已进入耄耋之年的老者告诉了他一个惊天的秘密："那个准备射杀他的比利时小兵其实是老太太最小的儿子。他不想与母亲扭打，也不想让战友看到母亲收留了一个纳粹兵，给母亲带来麻烦，只好无奈地离开了。可就在山口，他被一个藏匿起来的纳粹兵打了暗枪，当场便死去了。他是老太太家里唯一的亲人，她的丈夫和另外3个儿子此前都参了军，全都牺牲在了与你们纳粹德国的战争中。你或许还在为老太太抛弃你而伤心吧？告诉你，那是老太太救了你。那几天，你们纳粹兵打了回来，并寻找你们'婴儿师'幸存的小兵。老太太知道这个情况后，决定把你放在山洞里……"听完老人的叙述，维特曼心如刀绞，趴在老太太的墓地前痛哭不起。

1976年，一本名叫《爱在战争中流淌》的书一经问世，立即销售一空，一年内连续再版两次，书的作者是维特曼，主人公是救过他的老太太，书的开篇第一句是：你能活在这个世上，除了生命坚强，更因为有爱。

不要因一时冷漠而后悔

下面这个故事，能让你最真切地体会到人间温暖的要义：

艾伦刚要走进公用电话亭，一个瘦小的男人就走到他的面前。他要跟艾伦借火。

"对不起。"艾伦说，"我不吸烟，所以没有火柴也没有打火机。"

他显得有些失望，踌躇了一下，然后转身离开。

艾伦用完电话，从电话亭出来，又碰到了那个瘦小的男人。他神情忧郁，像一条无家可归的狗。当他抬帽向艾伦致意的时候，艾伦看到此人是一个秃顶，面颊上还有一条疤痕。

"对不起，我又要打扰你了。"他说，"为了不占用你的时间，我能跟你一起走一段路吗？我知道这很唐突，但是我十分需要帮助。"

艾伦说自己还要赶火车，只有 20 分钟。他说他与艾伦边走边聊。"我知道你感到很意外。"他沉默了一会儿说，"但是我确实需要 5 英镑，因为我现在身无分文，你能借给我吗？"

当他把目的讲出来后，艾伦倒不感到意外了。这年头想不劳而获的人越来越多，你简直分不清谁是真乞丐谁是假乞丐。据说，有些假乞丐活得比普通人还滋润。艾伦虽有扶贫济困之心，但因为也是普通工薪阶层，实在不愿意无端将辛苦钱给那些骗子。

"对不起。"艾伦答道，"恐怕我爱莫能助，我没有随身带现金的习惯。有困难找警察，你为什么不去试一试呢？他们会向你提供那些慈善、救济或收容机构的地址。"

他犹豫了片刻。"我不敢找警察，"他说，"如果他们知道了我的情况，他们会与我的家人或熟悉的人联系。那是我最担心的。我现在真的是走投无路了。"

"你为什么到这个城市来呢？"艾伦问，"你是怎么来的？你总会带一些钱吧！"

"我的确带了一些钱，"他说，"但是昨天我所有的钱都被小偷偷走了。我不敢报案。如果警察将我遣送回乡或与我的亲友联系，我将无地自容。我在家乡已经夸下海口。现在认识我的人都以为我在外面闯荡挣大钱了。我宁愿在陌生人面前低声下气，也不愿在熟人面前丢人现眼。我不混出一点人样，是决不会回去的，否则我宁愿客死他乡。"

这样的故事并不新鲜，艾伦当然决不相信。不过这个人言之凿凿的样子还是给他留下了深刻的印象。如果艾伦能确认他说了实话，他会敬佩这个闯荡天下的有志青年，并把身上仅有的几个英镑送给他。但是艾伦不想冒这个险，因为路上他可能还会用到这些钱。

"对不起，"艾伦说，"我无能为力，你还是另想办法吧。"

他悲伤地摇了摇头，再次抬帽向艾伦致意，然后转身离开。艾伦随后上了火车，把这事忘得一干二净。

3周后的一天，艾伦收拾旧报纸时，注意到一则新闻，上面写道："昨天有人在泰晤士河发现了一具不明身份者的尸体。此人身材瘦小，秃顶，面颊上有一条疤痕。警方认定这是一起自杀事件。"艾伦看了一下，是10多天前的报纸。

艾伦突然想到了那个瘦小的男人，说不定，就是自己导致了这起悲剧。艾伦陷入了深深的自责之中，对自己的多疑、冷漠和无情感到无比羞愧。他发誓，今后要多存怜悯之心，再也不拒绝别人的求助了。

几天后的一个晚上，艾伦站在街头等一个朋友，看到不远处的电话亭旁边站着一个矮个子的人。当一个人要进电话亭的时候，这个矮个子走过去搭讪。接着打火机亮了。借着打火机的亮光，艾伦看清了这个矮个子的脸。这张脸他见过，脸颊上有一条疤痕。

艾伦终于不需要继续痛苦地自责了。

就算被骗，也不会对我们造成太大的伤害，如果因为一时的冷漠致使别人失去生命，我们会一生自责的。

善良是我们为自己留下的路标

北非的撒哈拉沙漠，是世界上最大的一片沙漠，因自然环境恶劣，这里又被称为"死亡之海"。但在几千年前，这里却是一片水草丰饶的绿洲，有许多民族先后在这里建立了王朝。后来因为气候的变化，这些文明先后被掩埋在漫漫黄沙之下，于是，很多考古学家盯上了这里。

从18世纪末到19世纪初，欧洲有几十个考古队先后走进了这片广袤的荒漠。令人惊奇的是，他们的命运最终只有一个：有去无回。尽管如此，这片神秘的荒漠却像一块巨大的磁石，吸引着各国的考古队前赴后继。

1814年3月，一支由12人组成的考古队从英国伦敦出发，进入了"死亡之海"，并于同年5月带着无数考古成果走出了荒漠，他们第一次打破了这个有去无回的死亡魔咒。当时，英国《泰晤士报》的记者采访了这支神奇的考古队，并揭开了他们走出死亡之海的秘密。

这支考古队的队长名叫詹姆斯，他年过花甲，是一位虔诚的基督徒。当时进入沙漠后，考古队经常能碰到死亡者的骸骨，许多人只把他们当成荒漠中一处处特有的景观，但是詹姆斯却不。每当看到这些骸骨，他总会让大家停下来，把骸骨收集到一起，然后选择高地挖坑掩埋起来。为了表示对逝者的尊重，詹姆斯还会在这些简易的坟墓前插一根粗树枝或立一块石头，作为墓碑。但是，沙漠中的骸骨实在太多了，每天掩埋这些骸骨，占用了大量的时间。于是，队员们对他说："我们是来考古的，不是来替死人收尸的。"但詹姆斯固执得很，他对队员们说："每一堆白骨，都曾经是我们的同行，怎么能忍心看着他们暴露在荒野呢？"

一个星期后，詹姆斯带领考古队顺利进入了沙漠中心，在这里，他们发现了许多古人留下的生存遗迹，并挖掘出了许多足以震惊世界的文物。但是，正当他们将战利品装上骆驼准备离开时，怪事出现了，沙漠里刮起了风暴，几天几夜不见天日，接着，他们随身携带的指南针也失灵了。结果，这支考古队在沙漠里转了几天，也没有走出去，食物和淡水开始匮乏。这时，他们才明白了为什么从前那些考古队员没有走出来。

危难之时，詹姆斯突然说了一句："不要绝望，我们来时在路上留下了路标。"大家看着他迷惑不解。詹姆斯说："我们沿着那些坟墓走！"他们沿着来时一路掩埋骸骨竖起的墓碑，最终走出了"死亡之海"。在接受《泰晤士报》记者的采访时，这支考古队的每一个队员都感慨地说："善良是我们为自己留下的路标。"

感恩的爱永远会照亮大地

如果给你我一次重活的机会，我们肯定会弥补很多人生遗憾、改正很多犯下的错误……可人生毕竟只有一次，犯下的错无法弥补，却可以防止它伤害到自己的孩子，故事中这位"阳光妈妈"就帮助这些犯错的母亲们拯救着她们的孩子。

2009年2月6日，由于病重实在不能坚持的她住进了慕尼黑的克林医院。随后，德国时任总理施罗德专程前来医院看望她，在劝她安心养病后，由衷称赞她是"德国儿童的'阳光妈妈'"。

早在2008年5月，施罗德就到过她收养囚犯子女的"阳光之家"，曾感慨地说："是应该给这个特殊群体一点阳光了，真没想到这缕阳光竟是来自遥远的中国。"

是的，她是中国人，她的名字叫李爱兰。

李爱兰出生于四川成都。在德国柏林大学获得动力学硕士学位后，虽说国内有多家公司邀请她回国发展，开出的待遇也不菲，可她坚持留在德国。很快，她就被德国一家建筑机械公司聘为工程师。不久，她嫁给了在慕尼黑一家电子公司担任高级工程师的莱比特。

她为什么对德国情有独钟，只因她心中有一个梦。

2007年的母亲节，她的梦如同长着翅膀，飞进了一名服刑母亲的心灵，给这位母亲的心扉投射进了一抹明媚的阳光，不，是给所有做了母亲的女囚犯带去了阳光和温暖，更是感动了千千万万德国人。

母亲节这天上午，在巴伐利亚州女子监狱服刑的娅娜突然接到狱警的传唤，要她去见一个人。这可是她服刑5年第一次有人来探视她，这人会是谁呢？

娅娜跟着狱警走进会见室，看见一个年轻貌美的女子：金黄色的长发波浪般地披在肩上，深蓝色的大眼睛，红润的脸庞……啊，宛然就是一个年轻的自己。娅娜看呆了，口中喃喃地说："天哪，你就是我的女儿塔里吗？""妈妈，我就是塔里！"塔里说着，扑到母亲怀里，眼泪泉水般地涌了出来……

这时，狱区的广播响了，主持人在一遍又一遍地祝贺着，祝贺全狱区身为母亲的女犯们节日快乐！广播中还说，他们已在慕尼黑电视台发布消息，愿女犯们的子女都来探监，祝自己的母亲节日快乐。今天，塔里是第一个。

是的，随着广播在狱区的上空响遍，监狱中的母亲们被感动了，狱区中所有的人都被感动了……

事情得回溯到 2003 年 4 月，那天，李爱兰去克林医院检查身体，顺便去妇产科看望一位做医生的朋友，当时的一件事让她感慨万千：一个年龄十二三岁的小女孩竟然要做人流手术！朋友说，造孽呀！女孩刚上初中，却不知道是谁让她怀孕的。看到女孩那凄凉无助的眼神，李爱兰难过极了。就在那时，李爱兰便萌生了收养女孩的想法。朋友提醒她："女孩可是有妈妈的啊！"

原来，女孩是一位单身妈妈的私生女。一年前，女孩的妈妈因失手捅死了调戏自己的歹徒，被判刑 10 年。在服刑之前，这位单身妈妈让女儿去找未曾谋面的父亲。

李爱兰对朋友说："这个没问题，只要孩子的妈妈一出狱，我就把孩子还给她，而且不要任何报酬。"

为了不拖累丈夫，李爱兰决定与丈夫进行财产分割。通过司法程序，丈夫只要了房产与轿车，26 万马克现金全部划到李爱兰的名下。

2003 年 10 月，李爱兰又收留了一个 12 岁的小男孩范小明。范小明父母都是越南人，后来定居德国。母亲因贩毒被枪决，做黄金生意也垮了的父亲被追债人挖去了双眼，范小明只好流浪。

不久，李爱兰又收留了母亲被判了 15 年而正在服刑的一个叫芭丝的小女孩。

拯救孩子，就得要让他们受到良好的教育。于是，李爱兰在距离慕尼黑东郊大约 10 公里的地方找了一处小院，作为孩子们的学校兼居所，她就将这个小院取名为"阳光之家"。

是的，施罗德当年来到的正是这个地方。

为了让更多的服刑人员的孩子能享受到人间的"阳光"，李爱兰还找到巴伐利亚州监狱管理局，让他们帮助选择更多的犯人子女去她的"阳光之家"。监狱管理局局长听了，非常感动，说："你这是在帮助我们，这样会让罪犯更安心地服刑。"

如此一来她的"阳光之家"先后有了66个孩子。

为了配合巴伐利亚州女子监狱做好对犯人的教育与感化工作，2007年的母亲节，李爱兰带了一些孩子来到了监狱，其中就有那个2003年曾在克林医院做人流手术的女孩。是的，当年的那个女孩就是塔里。

那天上午，塔里拉着妈妈的手，在狱区边走边谈，谈中国妈妈对她的关怀与教育。塔里还为母亲梳头、洗脚。娅娜拉着李爱兰的手，再次止不住泪水长流："谢谢你中国妈妈，你为我培养了这么好的女儿……"

这一天，李爱兰带去了连同塔里在内的20名孩子，让20位妈妈得到了快乐和幸福。

是阳光，就能最广泛地照临。2008年5月，慕尼黑又有两所"阳光之家"成立了。紧接着，柏林、莱比锡、德雷斯顿等城市也有了一家又一家"阳光之家"问世。虽说它们并非由李爱兰所开办，但比她开办的更有意义，因为人们是在她的爱心感召下，使得更多的爱化作了一道道绚丽的光芒。这样，那些原本在阴暗寒冷中瑟缩着的更多的孩子就可以在温暖的阳光中好好成长了。

不幸的是，由于李爱兰呕心沥血地照料孩子们，她被累病了。生病时她也不休息，她的病也就越来越重。看着一天更比一天憔悴的妻子，丈夫莱比特非常愧疚，说："我不该与你分割财产，这样，你也许不会这么劳累。"李爱兰深情地拉住丈夫的手说："不，是我对不起你。我的力量不够，是你帮了我不少忙，在这里我谢谢你了。"

那天，李爱兰还对丈夫说出了自己为什么要收留这些德国儿童的原因："我小时候家中很穷，是因了一位德国外教的资助，才得以读书，来德国留学。这位德国老师小时候因母亲犯了罪，也有过不幸的童年。但他知道奋起，改变了自己命运的他后来帮助了很多人。我所做这一切，不过是知恩图报，将德国老师的爱心传下去。"

人生有梦，原来这梦就是感恩。

李爱兰在病重住院期间，慕尼黑共有120多位女士表示愿意继续她的爱心，接过"阳光之家"，以施惠于更多的人。最后，李爱兰选择了刚刚出狱的娅娜作为她的传承人。因为早在那次监狱的接触中，她已相信娅娜怀有着一颗感恩的心。

李爱兰不久前去世了，然而，她并没有死，她那感恩的爱的阳光永远会照亮世界大地……

"阳光妈妈"走了，阳光不会就此消失，还记得那个"阳光不锈"的传说吧，让我们坚信，这光芒，定会洒向更开阔的地方。

微薄之力，也是一份慈善之心

曾经，"烤羊肉串的慈善家"阿里木的故事感动了所有中国人，温暖了每一颗尚未麻木的心。

1992年冬天，新疆维吾尔族小伙子阿里木走上了自谋职业之路。阿里木喜欢烤羊肉串，原想着靠一门手艺生存，可孑然一身，势单力薄，每到一处，总是被人排挤。就这样，一个城市又一个城市地换，大半个中国都跑遍了。一晃10余年过去，阿里木最终决定在贵州的毕节市落脚。

由于烤羊肉串手艺不凡，阿里木的生意越来越好。羊肉串好吃，阿里木可爱，美味和名声一起呈等比级数增长。阿里木和他的羊肉串日渐成了当地人茶余饭后津津乐道的话题。就这样，纯朴开朗的阿里木靠烤羊肉串过着简单快乐的日子。

2002 年 4 月，阿里木路过镇远县时，正好遇上一起火灾，他毫不犹豫地去扑火。山火扑灭后，政府发了 300 元奖金。阿里木联系了一位妇联干部，准备把这 300 元和自己积攒的 200 元一并捐了。当受助的女学生听说阿里木靠卖羊肉串为生时，含着泪花向他深深地鞠了一躬。当时，阿里木十分感动，他说："500元对很多人来说只是很小的数目，对一个穷孩子来说却能帮上大忙。"

从此，阿里木留心起来，一个个穷孩子开始进入了他的视野。"我一定要挣更多的钱帮助更多的人。"有了这个明确的目标，阿里木干活更有劲头了。

听说大方县理化乡长春小学有 40 多名学生交不起学杂费，部分学生将要辍学，阿里木马上顶着严寒给学校送去了 5000 元钱；得知达溪镇聚河村小学的孩子没钱买书包，很多都是夹着书上学，阿里木就和朋友牵着借来的马，经过四五个小时的跋涉，送去了 181 个新书包；从新闻中听到一名大学生靠挖煤赚生活费，阿里木第二天一大早就坐上班车，去了那名大学生家里。几天后，他给这个大学生开了户，每月汇去 100 元……

2006 年初，阿里木揣着烤羊肉串攒下的 5000 元钱去了毕节学院。"我想每年出资帮助困难学生。"阿里木说。那一大撂钱里，1 角的、2 角的、5 角的、1 元的、5 元的……什么面值的都有，还带着一股子烤羊肉串的味道。学院的领导心情沉重地说："这是您的辛苦钱，我们不能花！"阿里木却不以为意地说："我花不了那么多，我有口饭吃就行了！"为了纪念阿里木的善举，学院将这笔助学金命名为"阿里木助学金"。全院大大小小 20 多个奖、助学金中，这个助学金数额最少却分量最重。自从助学金设立以来，已有 100 名学生获得过奖励。

阿里木总是乐此不疲地帮助别人，那阿里木是不是卖羊肉串挣了很多钱呢？其实，阿里木的日子和从前一样，几乎一无所有。他长年住在一幢年久失修的老楼里，房间阴冷潮湿，墙面斑斑驳驳，没有一样值钱和像样的家具。在另一间房里，有一张铺着旧棉絮的床，虽然极其简陋，却也整齐干净。不过，这是留给那些贫困学生借宿的大床，而阿里木自己却睡在外间那张硬硬的木板床上。

在生活上，阿里木很节俭。为了挣钱，他从来不舍得吃好羊肉，吃的都是羊筋或不能烤的肉；一杯白水泡两个馒头，是家常便饭；两双从垃圾箱旁捡来的皮鞋拿去补补就心安理得地穿上；一条20元钱买的裤子，缝了又缝，始终不舍得丢掉；有一件15元钱买的粗线毛衣，已经穿了4年多，他还是把它当成宝贝。阿里木喜欢吃水果，可为了省钱，他常常挑烂的买，削掉坏了的部分再吃。就这样的过法，阿里木却乐呵呵地说："生活嘛，有饭吃，有觉睡，就好了！"

然而，偏偏就是这个"穷"汉子，近10年来，用卖烤羊肉串的钱资助了数百人，资助金额达10万元以上。有细心的朋友粗略算过，卖一串羊肉串，毛利不过3毛，搁在几年前，毛利仅2毛，要攒上10万元，至少要卖30万串。

阿里木的善行被传开后，很快引起了巨大的反响。2010年12月31日，阿里木以最高票当选为"中国网事·感动中国2010年度网络人物"，共获得245 050张选票，占全部票数的21.31%。阿里木用一颗赤诚的心，支撑着最朴实也最沉甸的慈善事业，人们把他誉为"烤羊肉的慈善家"。

"来咯，羊子的串串！来咯，没结婚的羊子串串……"这便是头顶小花帽的阿里木在乌鲁木齐公园北街用充满贵州特色的吆喝声在卖烤羊肉串。"一夜成名"后的阿里木从贵州回到新疆重操旧业，为的是将卖烤羊肉串的善款送到更多穷孩子的手里。

身边的朋友没少劝阿里木存款买房，改善条件，可他根本听不进去。他有个朴素的想法："把字写在石头上，可以保存到永远；把字写在沙子上，只能保存一时。把钱花在该花的地方，才是物有所值。"是啊，阿里木虽然只是个小贩，本小利微，但他以无声却有力的行动，让每一串羊肉串都饱含大爱，凝聚心血。也就是这样一个不起眼的平凡人，让人性的力量生长集结，从而成就了我们这个时代最美丽、最动人、最温暖的一道风景！

做慈善不是独属于富翁的事，你、我、我们身边的每一个人只要有一颗慈善之心，都能为困难的人们献上自己的力量。

善意的种子开出善意之花

孩子的心灵是最纯洁的，我们的一个无心之举，就会在孩子的心中种下一颗种子。

艾加莉是南非的一位民间慈善家。有一天，她筹集到一批儿童用的纸笔和玩具，就驾车去把这些东西送给那些贫困区的孩子们。一天，她来到了一个名叫基纳的小寨里，那是这次慈善活动的最后一站——基纳幼儿园的所在地，而艾加莉的好朋友恩蒂，就是那里的志愿者老师。

艾加莉到达的时候，恩蒂老师正带着孩子们在一块空地里种花生，见到艾加莉带来的礼物，恩蒂和孩子们都开心极了。在给每人发放完学习用品之后，艾加莉的车子里还有八辆玩具车，而幼儿园里却有 16 个孩子。艾加莉和恩蒂老师一商量，决定把这些玩具车放在幼儿园里，作为公用玩具让孩子们一起玩耍。

因为是最后一站，艾加莉决定在这里多逗留几天，顺便了解一下当地人的生活境况。第二天，当艾加莉和恩蒂老师一起来到幼儿园之后，突然发现玩具车少了一辆。恩蒂老师问遍了每一个孩子，可所有的孩子都不承认自己拿过那辆车。当她们问到 5 岁的杰克时，他咬着嘴唇，考虑了好一会儿才吞吞吐吐地说："我没有拿过……"

第一节课结束后，杰克似乎急不可耐地对恩蒂说："老师，我想去浇水！"

花生刚刚播种下去不久，确实需要经常浇水。恩蒂老师把小水壶给他后，就带着其他孩子去土豆地里拔草。在接下来的两天里，艾加莉觉得小杰克似乎对浇水特别有兴趣，一有时间就去浇水，有时候，甚至只是给其中一个用小石头围起来的小土丘浇水。

午休时，艾加莉好奇地问恩蒂老师，那下面到底种着什么。恩蒂老师纳闷儿地说，她并没有让孩子们在那个小土丘下面播过什么种子。她们决定趁现在孩子们都在睡午觉的时候去看个究竟。当她们拨开泥土后，怔住了，那下面竟然埋着一辆玩具汽车！

一切都再明显不过，杰克拿走了一辆汽车，并且把它悄悄地藏在这里。恩蒂老师和艾加莉当即把小杰克叫到了外面，问他为什么要这样做。小杰克低着头，一声不吭。恩蒂老师对他说："难道你忘记老师教你们的事了吗？老师说过，无论如何都不要拿不属于自己的东西，否则就成了小偷！"

杰克咬了咬嘴唇说："记得！但我也记得老师曾经对我们说，一颗花生种下去可以收获许多颗花生，对吗？"

"对，当然！"老师纳闷儿地说，"可是这与花生什么关系呢？"

"我想把这辆车种下去，然后就可以像收获花生一样，收获很多很多的玩具车，不仅能够让我们这个幼儿园里的每一个人都拥有一辆，还可以送给其他的小朋友玩……"杰克说着，忽然抬起头来看着艾加莉说，"我也要像艾加莉阿姨一样，把这些车子送给更多的孩子们！"

愿每一个"大人"都能多行善举，这样才能在孩子心中埋下善意的种子，生长出最美丽的善意之花！

好人是这个世界的魂

在我们身边，有很多很多的好人，压在他们背上的担子远比他们头上的光环更沉重。

个头不高，脸庞清瘦，身体也强壮，交谈起来甚至有些木讷，怎么都看不出他有什么特别之处。30 岁的他是合肥长丰县土山乡的一个木匠。结婚后，日子过得平静、幸福。可是，这份平静和幸福在 2002 年的 6 月 8 日那天被彻底打破了。

那天日落时分，他正在做晚饭，忽然听到院外有人扯着嗓子喊："有人落水了，快去救人呀！"有人落水？他顿时心头一震。儿子，8岁的儿子小凯放了学就喜欢在池塘边玩耍。他不敢再想下去，关上火拔腿就往池塘边跑。

3分钟后，他看到水面上有几个小脑袋沉沉浮浮，最远处那个竟是自己的儿子！"别怕！小凯，爸这就过去！"他来不及脱衣，一头扎进3米多深的水里，奋力朝儿子游去。突然，几只小手露出水面，拼命地划拉，那是本村的4个小孩。就在这一愣神的当儿，已经被浑水呛得惊恐万分的孩子，死死地抓住了他的脖颈和胳膊。

在那个瞬间，他迟疑了一下，朝儿子所在的方向望了一眼，儿子还在挣扎，只是动作越来越无力。但他实在不忍心把抓住自己的几只小手拨开，反而在有个孩子身体往下沉时还下意识地伸手托住了他。他一咬牙，左手一把抱住3个，右手抓住一个，蹬动双腿扭头向岸边游去。

事后，村民都说幸亏他水性好，否则拖着4个孩子，他自己也活不了。等把4个小孩送上岸，他已累得瘫倒在烂泥中。但他不能歇，儿子还没救上来！他拼尽最后一丝力气再次扑进水里，但水面上已没有了儿子的踪影。闻讯赶来的村民一起跳进水里寻找，直到晚上11点多，村民才找到小凯的尸体。

悲剧发生后，妻子急火攻心，晕倒在地。醒来后，一连几天以泪洗面、不吃不喝，偶尔开口，也是对着他不停地质问："你为啥不救儿子？你说啊，为啥？"

他无言以对，只能垂着头，默默流泪。很快，他的义举震动了合肥。合肥市见义勇为奖励基金会授予他见义勇为一等奖，市政法委还破例第一次把2002年度全市见义勇为表彰大会的会场设在他所在的乡，以褒奖他的英雄之举。可是救人事件发生后，他变得越加惘然困惑——一夜之间，他成了众矢之的。有人说他傻，有人说他拿着儿子的性命换取名誉，就连被救孩子的父母也躲着他走，形同陌路。

沉重的压力让他无力承受，身体渐渐垮了下来，妻子的病情又时好时坏。好在2008年，妻子的病情好转，又生下了女儿明娜。小明娜的出生，给这个沉寂了多年的小家带来了久违的笑声。然而，两周后，他发现女儿经常咳嗽，嘴唇发乌，于是送到当地诊所检查。医生告知：小明娜患有严重的先天性心脏病，随时都有生命危险！

看着襁褓中的女儿，他已没有了眼泪。苦命的女儿怎么就像一阵匆匆而来又将匆匆而去的风？不，要留住女儿，让她的生命"延续"下去！经过再三劝说，妻子最终同意了他的意见，郑重地在"国际红十字总会中国爱尔眼库器官捐献志愿书"上，签下了女儿明娜和自己的名字——捐献眼角膜。

3天后，病魔带走了小明娜。次日，省立儿童医院为她做了眼角膜捐献手术，两名在黑暗中苦苦煎熬的患者终于重见光明。这一次，更多的赞誉向他涌来。在安徽电视台主办的2008十大新闻人物评选中，他高票当选，成为省内唯一一位以农民身份登台的获奖者。

他的名字叫胡文传，一名憨厚朴实的安徽青年。评委会给他的颁奖词是："6年间他经历了人生的两次选择。在生与死、得与舍面前，我们触摸到一颗大爱之心。透过困顿与坚强，我们看到了一个质朴的灵魂。他是一个好人，好人也许会流泪，也许会伤心，也许会孤独无助，但好人却永远是这个世界的魂。"

请不要再用我们蒙尘的眼睛质疑身边的善举，这世界其实很简单，没有我们想象的那么复杂，祝愿好人一生平安。

生命的死结在这里解开

"寻死的人，总有一个结在那里，你得把它解开。"这是一家小旅馆的主人郭文香所说的一句实在话，但并不是所有的人都能够像她那样用最真诚、最纯粹、最贴心的至善大爱来帮助和关爱那些心有死结的人，心甘情愿做他们的"救命稻草"。

郭文香的小旅馆开在北戴河边，步行 5 分钟便能看见大海。小旅馆的历史有 20 多年，郭文香也由"姐姐"变成了"奶奶"。她从开始到现在几乎没有赚到一分钱，却从死神那里救回 100 多个自杀者。与其说她在经营小旅馆，不如说她在向残酷的命运争夺心有死结者的宝贵生命。人们称她为"海边的活菩萨"。

准备抛弃生命的客人，郭文香一眼就能看出来，或者说，她能够嗅出那种与正常人截然不同的气息，这种客人可以称作"特殊的客人"。

这么多年过去了，郭文香依然能够清晰地回忆起旅馆的第一位"特殊的客人"。那是一个楚楚可怜的 19 岁的小姑娘，脸色煞白，"心事很重"，穿着黑布鞋、蓝色土布裤子，一进门就吓了郭文香一跳。

尽管郭文香警觉地在自己的房间里守护着小姑娘，最终还是让她神秘地在夜里"消失"了。此时的郭文香还没有救生的经验，四处找不到小姑娘，就来来回回朝着 10 公里远的派出所折腾，七八趟下来，她一夜未眠，心力交瘁。

郭文香依然不放弃，继续寻找，4 天后终于在海边的礁石堆里找到了小姑娘。她也在这里枯坐了四天四夜，幸亏遇到涨潮期，她多次跳海未遂。原来小姑娘是以死抗婚，她要被"换亲"给一个残疾的中年鳏夫。

郭文香因悲悯而生爱，将这个不幸的小姑娘视作自己的妹妹，不但收留了她，而且还去找派出所的同志，一起劝说小姑娘的父亲，退掉这门荒唐的婚事，让小姑娘重获希望和幸福。

岁月沧桑，小姑娘现在当上了奶奶，可是她永远忘不掉当初那次幸运的邂逅，那是她新生的开始。她深深地感受到人间的爱和温暖，如果它们不在近处，就一定在远处。一个人不但需要他人的爱和温暖，而且需要给他人爱与温暖，只有这样，一个人才会变得强大，才能拥有希望。

自从送走这个小妹妹后，郭文香就"喜欢上了"去海边走走，这一走就是 20 多年。一遇到远道而来的"特殊的客人"，她都会主动走向前，以推销土特产的名义，笑着跟对方搭上话儿："您看，我们这边好玩儿不？"然后想方设法让对方快乐起来，"润物细无声"地帮助其慢慢恢复起生活下去的勇气和希望。

在自己的小旅馆里，郭文香常常"请走"其他客人，为"特殊的客人"——心有死结者免费提供食宿，安置专门的客房。房内可以放下两张睡床，一张是自己的，另一张是"孩子"的。在无数个漫漫长夜里，郭文香陪伴每一个绝望孤单的"孩子"说话或者哭泣，其实她只是一个诚实殷切的倾听者。因为嫌自己嘴笨，她很少说话，只是躺在床上，或者顺腿坐在床沿上，或者搬上一条小板凳坐下来，只是诚笃无私、专心致志地倾听，默默地点头、长长地叹息、暗暗地落泪，或者悄悄地端来可口的茶饭，只是听。她心怀善良，心怀疼痛，心怀对生命的热爱与敬畏。

她是慈祥的老妈妈，是饱经沧桑的长者，也是胸怀似海的朋友。除了少言少语的倾听，她做得最多的还有一次次无言的拥抱，跟这些"死过一回"的人们紧紧地拥抱，同哭同悲同温暖。她说自己是这些人的"救命稻草"，但这是一根具有人类体温而且并不脆弱的稻草，远比爱情、事业、疾病、物质和绝望强大。爱在无声无息间柔软绵长，而又力量惊人，可以将一个人从悬崖处拉回来，使之重燃希望，使之焕然一新，使之回归正道。

郭文香帮助和救过的人有生意失败的商人、感情受挫的情人、身患绝症的病人、工作无望的年轻人……还有被其他旅馆老板和周围居民"慕名"送来的自杀未遂的轻生者，连派出所也将郭文香的小旅馆看作一处特殊的"救助站"。

郭文香做善事不求回报。曾经有生还者的家属找上门来，拿钱重谢。她拉下脸，一口回绝："钱不能解决所有问题！"一些被郭文香帮助过、挽救过的人回去后给她邮寄信件、明信片和包裹，可是她从来不想给他们回信，因为她觉得"他们应该有正常的生活"。

第十二章

幸福不是努力去爱，
而是安心生活

〈 〈 〈

WENNUAN
SHIDUIKANGSHIJIANSUOYOU
DEJIANYING

幸福是朴实的

幸福总比困难多，要用能让你感觉快乐的幸福公式计算你的幸福。

有这样一件事：

琳琳和妈妈对话。

"他一直很幸福。"妈妈说，"这十几年来，我很少见到他不快乐过。"

"你说的是谁？"琳琳问。

"记得小军吗？"妈妈反问。

哦，就是当年那个乡下来的少年，他比琳琳略大几岁。

那时，第一次见到他的时候，琳琳正念高一，刚从书店买复习资料回来。而他，已吃完了随身带的干粮，又饥又渴地找到琳琳家。他手里握着的，是一封乡下远亲的信，希望妈妈能帮他在城里找到一份工作。

"他？怎么可能？"琳琳脑海里的他，无论如何也和幸福联系不起来。

"就是他，"妈妈说，"我帮他在邮局里找到一份干苦力的工作。看着19岁的他成天扛着那些沉重的邮包，我的心里很不是滋味。但我去见他的时候，他总是乐滋滋地说：'阿姨你看，我有工作了，每月我还能给家里寄去15块。'"

"后来呢？"琳琳问。

"后来，他终于成了投递员，有几封我的信件，本不属于他的投递范围，可他坚持给我送来了。他每次都骄傲地说：'阿姨，我成正式职工了。'再后来听说他和一位姑娘恋爱并结婚，现在他的儿子健康活泼，提到孩子时，他总是很幸福。"

"这就是全部故事？"琳琳有些诧异。

"也不全是，前几天我去领包裹时非常意外地见到了他。他说，干过10年风里雨里的投递工作后，他成了局里的办事员，现在只用坐在那里管签收就成。他欢快地说：'阿姨，我满足了，还有什么比这更好的工作？我甚至还有工夫喝茶。'"

妈妈看着琳琳又说："他现在的工资依然很低，他面临的困境比很多人都多，但他告诉我，他一直很幸福。"

"我和他可不同。"琳琳对妈妈说，"他的状况一直在改善。"

"确实如此。"妈妈看着我说，"你一直拥有小军想也不敢想的一切。想到这些时，难道你没有那么一点点的满足？幸福有两种公式，一种是对比过去，一种是对比旁人，哪一种能让你感觉快乐，你就用它来计算一下你有多幸福，这样不好吗？"

在琳琳沉思时，妈妈轻轻地搂住琳琳说："我说这些只是希望你能快乐。"

琳琳微笑着回看妈妈说："妈妈，我已经感觉到幸福了。那是一种草根的幸福。"

幸福是什么，就是一种感觉。自我感觉良好，就是一种幸福。幸福是由心态决定的，学会对生活中发生的事，用幸福的心态和对身心有利的心态去思索，就会时时有幸福感觉，这也是长寿的秘诀。

幸福，无处不在

有一个人，他生前善良且热心助人，所以在他死后，升上天堂，做了天使。他当了天使后，仍时常到凡间帮助人，希望感受到幸福的味道。

一日，他遇见一个农夫。农夫的样子非常苦恼，他向天使诉说："我家的水牛刚死了，没它帮忙犁田，我怎能下田作业呢？"于是天使赐他一头健壮的水牛。农夫很高兴，天使在他身上感受到了幸福的味道。

又一日，他遇见一个男人。男人非常沮丧，他向天使诉说："我的钱被骗光了，没盘缠回乡。"于是天使给他银两做路费。男人很高兴，天使在他身上感受到了幸福的味道。

又一日，他遇见一个诗人。诗人年轻、英俊、有才华且富有，妻子貌美而温柔，但他却过得不快活。天使问他："你不快乐吗？有什么我能帮你吗？"诗人对天使说："我什么都有，只欠一样东西，你能够给我吗？"天使回答说："可以。你要什么我也可以给你。"诗人直直地望着天使："我要的是幸福。"这下子把天使难倒了，天使想了想，说："我明白了。"然后把诗人所拥有的都拿走了。

天使拿走诗人的才华，毁去他的容貌，夺去他的财产，和他妻子的性命。

天使做完这些事后，便离去了。一个月后，天使再回到诗人的身边，他那时饿得半死，衣衫褴褛地躺在地上挣扎。于是，天使把他的一切还给他。然后，又离去了。半个月后，天使再去看看诗人。

这次，诗人搂着妻子，不住地向天使道谢。因为，他得到幸福了。

若是提出话题："老百姓，你们的幸福感来源于哪里？"

我们都会回答升职加薪、家人平安、爱情甜蜜等。

很多人以为家庭主妇是最幸福的，不用面对社会的压力，只需打理家事。然而，家庭主妇们却最羡慕职场女性的潇洒。

一叶障目的时候，不仅无法用理性来分析，就连感观上也自然而然地倾向了自怜的角度，于是，还误以为弄丢了"幸福"。其实幸福就在爱人的关怀里，就在父母的饭桌上，就在孩子那天真的笑靥里，抑或许，就在季节的悄悄转变中……

幸福处处在身边。请保持你的幸福感，保持好的生活态度。记得要提醒自己保持一种幸福感，因为幸福，真的是无处不在。

生活中处处都有快乐的佳酿

幸福是什么？

说出来，似乎这个问题很大，大得让人迷茫，其实幸福本身并不是一件玄妙的事物。

花开时节，有赏花的心情；瓜果应季，喜欢瓜果的人牙好，胃口好；能够感受春天微风轻抚，最初萌芽的青草和树叶，把稚嫩的清香散播到四面八方；酷热的夏天，享受一场豪雨和随之而来的凉爽、清新、草木苍翠；在秋天火一样的红叶面前停下脚步，体味凋谢前最盛大的灿烂；站在温暖的窗户后面欣赏大雪最初的样子：轻盈、迷蒙，洁白还无人践踏；生命中永存一个可以单相思的人，深埋心底，无须表白；在花季结束的时候，采摘到最后一朵玫瑰；多情的人，最后一次恋情以最美的方式成为标本，留一缕芳魂，淡淡幽香……

这些都是幸福。

可能你会忽略这些细节，忽略你已经拥有的，却面对你失去的东西终日悲泣，你埋怨上帝为你关上了一扇门，让你困苦难安，实际上，你为什么不抬头看看四周，你有很多快乐的细节等待挖掘。

"我之所以高兴，是因为我心中的明灯没有熄灭。道路虽然艰难，但我都不停地去俯身亲吻细小的快乐。如果门太矮，我会弯下腰；如果我可以挪开前进路上的绊脚石，我就去动手挪开，如果石头太重，我可以换条路走。我在每天的生活中都可以找到高兴事儿。信仰使我能够以一种快乐的心态面对事物。"歌德夫人如是说。

　　正是有了这样从生活各处发掘美好，发掘快乐的心态，才能过得充实愉快。

　　每个人都是幸福的，生命之中，幸福无处不在，只要你细细地去品味，你就会发现，幸福的内涵原来是如此丰富多彩：获得是幸福、奉献是幸福、享受成功是幸福、体验挫折是幸福、战胜怯懦是幸福、出生在这个世界上并成熟长大更是一种幸福。

　　一个自认为很不幸福的女孩又与母亲吵了一架，母亲赌气叫她出去，不要再回家了。于是，女孩摔门而去。天，灰暗灰暗的，女孩不由自主地打了个寒战。忽然，前方有一个面摊，女孩走上前去，她本想买一碗馄饨的，但当她掏钱时才发现，原来出门时忘了带钱，而她肚子又饿，又不能回家，所以迟迟不愿离去。面摊的主人是一位好心肠的老婆婆，她见此情景，不禁心生同情。她对女孩说："我请你吃碗馄饨吧！"刚吃了几口，女孩泪如雨下。得知事情原委后，老婆婆问道："我仅请你吃了碗馄饨，你就感动得泪如雨下，而你的父母亲为你做了多少顿饭啊？你有因此而感动过吗？"女孩愣住了。

　　当女孩急忙赶回家时，她看到母亲正焦急地在楼下四处张望……看见了女孩，母亲松了一口气，赶紧过来拉着她的手说："饭已经做好了，正等着你回来吃呢！快点，不然凉了对胃不好……"女孩又一次热泪满眶。她终于明白了，原来幸福一直都在她的身边，只是她一直没有感觉到而已。

　　尽管生活不可能一帆风顺，但是只要我们的心是向着阳光的，就不会感受到悲伤。快乐本来不需要刻意为之，抓住生活中的每一个小惊喜，尽情发挥，你会发现，生活中处处都有快乐的佳酿。

幸福大师眼中最幸福的人

2002年，以色列人泰勒第一次在哈佛大学开设积极心理学选修课，可是只有8个学生报名，中途还有两个退出了。

第二年，泰勒的老师——菲利普·斯通，哈佛大学第一位积极心理学教授，建议他为这门课办一个说明性质的讲座。"这个办法看起来很有效，那个学期我的学生增加到了300多。"

到了第三年，泰勒的教室里拥进了850人，超过了"哈佛王牌课程"曼昆的"经济学导论"。

2011年初，随着网络公开课的流行，越来越多的人开始借助网络学习世界名校的课程。泰勒和他讲解的积极心理学（网友们昵称其为"幸福课"）成为网络热词，他的授课视频风靡中国。

对于这位被号称"幸福大师"的教师而言，谁是他心中最幸福的人呢？

在泰勒眼中，他的祖母是他见过的最幸福的人。

泰勒的祖母沙瑞尔亲眼看见自己的父母和5个哥哥被纳粹杀害，她和姐姐被关在奥斯维辛集中营里。当奥斯维辛被解放时，随军医生凭借目测判断幸存者的生命体征，有希望活下来的就带走，送进医院。

那时，沙瑞尔瘦得只剩下27公斤，躺在她旁边的姐姐36公斤。医生判断她姐姐能活下来，认定她必死无疑。但当士兵去抬沙瑞尔的姐姐时，沙瑞尔的姐姐死活不肯走，死死抓住妹妹的手腕，不会说英文的她反复重复着一个单词"sister"，任凭士兵怎么掰都掰不开。医生没有办法，只好让士兵把两个女子都带走。

带到医院之后，医生们预言沙瑞尔活不过半年，但是半年之后，沙瑞尔的体重从27公斤变成了45公斤。

"她的坚强和乐观，对生命的强烈渴望，让她活了下来，并且还生养了子女，这才有了我们。"泰勒崇拜祖母身上顽强的生命活力，当他的女儿出生时，他让小家伙承袭了他祖母的名字。

泰勒在事业达到巅峰时，辞掉了哈佛大学的教职，带着妻子、两个儿子还有一个女儿回到了以色列。"做出这个决定时，很多人说，这家伙一定是疯了！或许我真的疯了，但是我觉得回到我的国家，看到我的孩子跟我的父母在一起，在有祖父祖母的环境下成长，而我自己可以跟我的兄弟姐妹一起生活，对我来说这一切要比世界上所的荣耀都更加珍贵。"

幸福是什么？

泰勒的回答很简单："拿出时间，与你珍惜的人好好相处。"

每天换水，才能花开不败

有一位虔诚的佛教信徒，每天都从自家的花园里，采撷鲜花到寺院供佛。一天，当他正送花到佛殿时，巧遇无德禅师从法堂出来，无德禅师欣喜地对她说道："你每天都这么虔诚地来并以香花供佛，依据经典，常以香花供佛者，来世当得庄严相貌的福报。"

信徒非常高兴地回答："这是应该的，每天我来寺礼佛时，感觉心灵就像洗涤过一样的清凉。但是，一回到家中，就开始心慌意乱。请问禅师，我们一个家庭主妇，如何才能够在琐碎烦闷的生活中保持一颗清净纯洁的心呢？"

无德禅师反问道："你以鲜花献佛，相信你对花草总有一些常识，我现在问你，你如何保持花朵的新鲜呢？"

信徒答道："保持花朵新鲜的方法，莫过于每天换水，并且于换水时把花梗剪去一截，因花梗的一端在水里容易腐烂，腐烂后的花梗很难吸收到水分，鲜花就容易凋谢！"

无德禅师说道："保持一颗清净纯洁的心，道理也是这样的。我们的生活环境像瓶里的水，我们就是花，只有不停净化我们的身心，变化我们的气质，并且不断地忏悔、检讨，改掉陋习、缺点，才能不断吸收到大自然的食粮。"

信徒听后，欣喜地施礼感谢道："谢谢禅师的开导，希望以后有机会亲近禅师，过一段寺院中禅者的生活，享受晨钟暮鼓、菩提梵唱的宁静。"

无德禅师道："你的呼吸便是梵唱，脉搏跳动就是钟鼓，身体便是寺宇，两耳就是菩提，无处不是宁静，无处不是禅意，又何必非要到寺院中生活呢？"

有人说，心灵的困窘，是人生中最可怕的贫穷。你若能不用依靠外在的刺激，也可以活得很快乐，那么就能保持内心宁静和安详了。有很多人是需要靠着外在的麻醉和热闹，来感觉自己的存在，而真正充实的人，对于声色犬马则有免疫力。灵魂若找不到目标，就会迷失；拯救自己的灵魂，比得到全世界更有价值。

我们都是普普通通的人，每天穿行在嘈杂喧嚣的环境中忙碌。我们渴望在疲惫的奔波中获得轻松的释放。在夜深人静的安宁中，为自己莫名的孤独找到平静的理由。我们甚至期待自己平平淡淡的生活能出现向往已久的辉煌，幻想着以自己平庸的能力创造出非凡的成绩。我们不停地在为我们的心灵祈祷着，因为只有心灵的不懈和满足，才能使我们感受到人活着幸福的意义。

人生并非尽如人意，我们常常感受到生活中有太多难以排解的无奈和缺憾。也许是梦想得不到实现，也许是得到的离你所期待的相去甚远，但是我们总是能够在这样的无奈中坚持着。我们承认自己的平凡，却不曾放弃追求哪怕只是瞬间的完美。因为，在这个世界上，无论是谁，都不能漠视自己所付出的真诚，而只要是真诚的付出，就一定能有真诚的回报。有人说，不问收获，但问耕耘。其实，谁又能说耕耘本身就不是一种收获呢？乐在其中，乐此不疲，不也是人生的一种境界吗？

找点闲暇、积点闲钱、忙里偷闲来点闲情，功名利禄等闲视之，安心做个等闲之辈，不亦乐乎，不亦快哉！这一连6个"闲"字，道出了一种心态，一种别样的境界和情怀。

把一切不如意看作是自己心灵提升的过程、自己顿悟的过程，把自己的身心沉淀再沉淀，直到沉淀成一池清水。

每一天都是崭新的日子

一个40岁生意失败的人，他可以回顾自己惨痛的过去、一无所有的懊悔及愧对家人的心情。他或许会将"那一天"当成生命的终点，选择走上绝路或从此自暴自弃。但是，他也可以将"那一天"当成生命一个全新的开始，进入一个没有过去、没有现在、没有未来的"当下之心"，在当下将创造力全然地发挥，在当下重新开始，开创他想要的未来。

听过这样一个故事：

一个小姑娘住院了，心情老是不好，但当她看到，邻床一位老大娘病很重，精神却很好，对自己的病状很看得开，不由疑惑了。她发现，那位老人经常往窗外张望，一边张望一边若有所思地发笑。

有一天她对呆呆出神的小姑娘说，你看你看啊，外面的景色多美啊！于是，老人向小姑娘描述窗外的情景。那窗外的情景可真美啊，在老人的描绘里，有情节、有画面，有说不尽的好笑的事情。

老人讲着讲着，把小姑娘感染了、逗笑了。

有一天老人出院了，小姑娘要求住到那位老人空出的地方。等小姑娘搬过去，起身向窗外探去，外面的一切令她大吃一惊——原来，那里哪有什么美丽的景色，只不过是紧邻了一堵黑黝黝的墙而已。

心情的好坏，不是天气也不是身外原因造成的，决定心情的只是你自己。

只有你，才能调控心情的好坏。

清晨 7 点之前，有时打开电脑，在网页上听散文朗读，在阳台上浇浇花。

这个时刻是一天里最美好的，当你细细地体会着生命、岁月、花香，尽管时间很短，是那么匆促，却奢侈地拥有着。正因为短暂，所以能感觉到自己是幸福的。

其实每天的天气并不都晴朗，有时也阴云密布。但你每个早上，皆因重复着的这些事情而快乐着。给自己倒一杯茶水，茶叶只放了几枚，看它们在杯中悬浮，仿佛也陶醉了。

茉莉花又开了，有几朵也败了，你接水浇它，水落在叶子上，叶子轻微地抖了一下，自然，落了水的叶子更油亮了。然后关了门，去上班。花的美丽，其实只来自一杯水。

每一天都是新的一天。这是新的一天的开始，那是多么平常的清晨啊，然而这个早晨的空气，是因你的好心情而更加清新、充沛的。

有一个好心情，所以每天都精力充沛。

是的，好心情，是一杯茶，一朵花，一份尽心的工作，它不在意有没有人欣赏，不需要太多的喝彩和掌声。如此，心静一点，简约一点，每天都有一颗新鲜的太阳，每天都有一份美好的心情，又何尝不是一种美丽与幸福呢。

只需盯着鱼浮，看幸福在跳动

幸福就像水中的游鱼，要捕捉到它们，个中技巧要仔细琢磨。

崔明已大学毕业好多年了，但他一直没有忘记一位可敬的老人的那句话：只需盯着鱼浮。

老人是他们河南大学英语系男生宿舍楼的管理员。因为离家远，崔明只会在春节才回老家，就趁暑假在学校打工，也就是因为这个原因，他和老人接触多了起来，也就熟识了。可怜崔明一个人在外，好多次老人硬拉着崔明到他家吃饭，让他一次次感受着家的温暖。

老人爱钓鱼，河南大学的东北角就临着铁塔湖，崔明没事的时候就会跟着他学钓鱼。老人钓鱼时，正襟危坐，面容沉寂，除了偶尔与崔明说几句话，他的目光一直就盯在鱼浮上。开始时，崔明坐在老人身边，常常偷笑他，钓个鱼至于那么累吗？

开始学钓鱼时，崔明一直沉不下心来，一听到有人钓上大鱼，就会跑过去看别人遛鱼时的热闹，且羡慕不已。头几次老人没有说什么，仍保持他雕塑般的定力。崔明离开自己的位置次数多了，老人就忍不住了：操心钓鱼呀孩子，别人钓得再大也不给你。记住，钓鱼时，只需盯着鱼浮。

听了老人的话，崔明一下子像犯了错的小学生一样感到很不好意思。从此，他开始学着老人的样子去专心钓鱼，心里就很少有杂念了。有了老人的约束，他成了老人身边的一个年轻的雕塑，眼里只有鱼浮，起伏不定的水，还有水面上灿烂无比的阳光。慢慢地他钓的鱼就多了起来，深感老人的话的灵验。

只需盯着鱼浮，这是崔明在大学课堂之外听到的最有哲理的话。他在河南大学读了4年，因为有了这句话，那段求学的幸福时光才变得更有分量。崔明就是带着这句话走进真正的生活的，每当他心生浮躁不能安心做工作时，他就用老人的话校正自己。

渐渐地，他发现天下的事情都包含着几近相同的道理。比如走路，你只需盯着正前方，否则，路边的野花和芳草都会迷了你的视线，耽误了你的行程；比如用缝纫机制衣服，你只需行好每一个针脚，否则，针就会脱轨甚至会刺穿你的手指；比如听课，你只需看着老师和黑板，否则窗外的一丝鸟鸣也会让你的目光游离；比如照相，你只需睁大眼睛盯着眼前的相机……

只有专心地盯着眼前正做的事，才能成功地完成它。如果老是盯着别人燃放的礼花看，那么个人的前途早晚会被别人礼花的尘埃掩埋；如果老是盯着别人娇艳的牡丹艳羡，你自己的花园早晚会荒废；如果就像钓鱼时一样只紧盯着自己的鱼浮，你一定会有机会看到在你面前跳动着的幸福。

享受心灵的宁静

当青春已逝，我们的生活其实还有很多尚待开垦的荒田，你会选择如何耕种它们呢？是急匆匆地行走，还是停下来，慢慢享受这余晖时光？

很偶然的一天，他点开了大学同窗好友亚楠的博客。翻阅着那些照片和文字，他惊讶地发现多年杳无音信的亚楠，选择了令人匪夷所思的一种生活方式——年仅45岁的亚楠，居然辞掉了公职，赋闲在家。

亚楠没做过官，也没经过商，似乎没有任何发财的经历，至今仍住着建筑面积只有55平方米的平房。他的妻子也只是海南省五指山下一个小镇上的小学老师，收入并不高。但他似乎对自己的选择非常满意，从亚楠博客里的那些阳光灿烂的照片，和那些快乐洋溢的文字里面，能够真切地感受到他难以掩饰的幸福。

怀着一探究竟的好奇，他拨通了亚楠的电话，亚楠爽朗的笑声立刻传过来："这么做的目的非常简单，我只想享受一下心灵的宁静。"

"享受心灵的宁静？你是在学栖居于瓦尔登湖畔的美国思想家梭罗吗？"他困惑不已。

"我不是想学谁，只是想让45岁以后的生命，更轻松一些，更自由一些。"接下来，亚楠给他讲了促使他毅然做出这样抉择的一个小故事。

那年秋天，亚楠见到了从加拿大多伦多回国探亲的小学同桌。特别喜欢音乐的同桌，在事业刚刚有了一些成绩时，便突然宣布退休，不再登台演出。每天，只是在家中弹弹琴，听听音乐，或者到山林里走走，听听潺潺的溪水和欢快的鸟鸣，或者干脆就躺在一块大石板上，久久凝望蓝天上那一朵朵飘动的白云。那份超然物外的轻松和自如，让他真切地感受到，只有那一刻，身体和灵魂才真正地属于自己，而不是被欲望奴役着，也不是被忙碌牵扯着。

亚楠问同桌是不是拥有了很多钱财后，才选择了那样一种生活方式。同桌告诉他：其实，一个人要享受心灵的宁静，并不需要多少物质基础。只需淡化对物欲的渴求，让自己的生活简单一些，再简单一些，跟上灵魂的脚步。

同桌的一席话，让原本在县城里做公务员的亚楠，不禁转头打量起自己的生活：每天陷入各种杂七杂八的琐碎事务中，看各种脸色行事，劳心劳力地平衡着各种似乎永远也无法平衡的关系，表面一团和气，实际暗中一直在纠缠着、争斗着，只为那显而易见的一点儿名利。这样没意思地熬下去，就是熬到退休，顶多也不过是官位升一点儿，钱多赚一点儿。可是，自己的心灵，何时才能享受到同桌所言的那种心灵的宁静呢？

几经踌躇，亚楠便在人们的一片惊奇中，卖掉了县城里的房子，在镇边买了几间小平房。开始过起了"城市里的田园生活"。

他在屋前种花，屋后栽树，还养了一群鸡。每日清晨，他会在那只芦花鸡清脆的叫声中醒来，顺着那通往乡间田野的土路散步。小草上的露珠打湿了腿脚，一朵无名的小花，会让他蹲下身来，细细地嗅出其间弥漫的泥土的味道。阳光升起的时候，他就坐在树下，捧一本书，慢慢地翻阅。困了，便依靠在那张捡来的别人淘汰的破旧沙发上，美美地打个盹儿。

看到新奇的情景，比如一只忙碌的蚂蚁，一片茂盛的庄稼，他就会欣喜地按动像素不高的老相机。有了感想，他会抓起笔来，在随手捡起的一张纸上写写画画，再敲进电脑，贴进博客。没想到，在机关里一直写头疼的八股文似的材料的他，居然写出了许多读者喜欢的文字。他的博客点击量飞快地飙升，有热情的网友，还将他的文章推荐给报刊，竟接二连三地发表了，甚至有一家出版社主动向他约稿，但他一口回绝了："我的写作，只是记录心灵的颤动，从不为了发表。"

他不禁由衷地羡慕起亚楠的生活——那才是真正的洒脱：不为欲牵，不为物役，只听从心灵的召唤。

你是否希望自己也能够像亚楠和他的小学同桌那样抛却周围喧嚣的诱惑，一身轻松地投身旷野，抬头看看那些自由的飞鸟，静心听听那些天籁，心无旁骛、不带一丝投机地只是欣赏？这并不是一种姿态，而是一种返璞归真。就像小时候，独自站在乡村小院里，仰望夜空繁星点点，任思绪飞扬。

第十三章

我活着，
以自己的方式美丽着

〉 〉 〉

生命是一场苦乐参半的旅程

　　人生就是由幸福与痛苦组成的，而幸福与痛苦都不常在，总是会在我们的生活中轮番上演，交替着在我们的生命中出现。人们都愿意享有幸福，因为那毕竟是让人快乐的、高兴的心情，谁不想永远拥有？但是，这只能是一个美好的幻想，难以实现。虽然我们愿意坚持去留住幸福，但这也只是短暂的，你再怎么努力，也总有经历痛苦的时候。那么，我们是不是就应该在痛苦中哭泣？我想不是。痛苦的经历不一定就是让人望而生畏的，比起幸福来，痛苦更能让人懂得珍惜好日子的重要，也能让人成长得更快，让人更加成熟。所以在我们的生活中，若在痛苦中感受幸福，在幸福中想想痛苦，这样便能过得更加心安理得，也能过得更无所畏惧。这就是幸福和痛苦的真谛所在。

　　从前，在迪河河畔住着一个农场主，他是这个国家里最快活的人。农场主从早到晚总是忙忙碌碌，同时像云雀一样快活地歌唱。他是那样乐观，以至于这一带的人都喜欢谈论他愉快的生活方式。

国王听说后，很想认识这位快乐的农场主："我要去找这个奇怪的农场主谈谈，也许他会告诉我怎样才能快乐。"

国王一进农场，就听到农场主在唱："我不羡慕任何人，不羡慕，因为我要多快活就有多快活。"

"我的朋友，"国王说，"我羡慕你，只要我能像你那样无忧无虑，我愿意与你换个位置。"

农场主笑了，给国王鞠了一躬。

"我肯定不与你调换位置，国王陛下。"他说。

"那么，请告诉我，"国王说，"是什么让你在这个满是灰尘的农场里如此高兴、快活呢？而我身为国王，每天都忧心忡忡，烦闷苦恼。"

农场主笑了，说道："我不知道你为什么忧郁，但是我能简单地告诉你，我为什么高兴。我自食其力，我爱我的妻子和孩子，我爱我的朋友们。他们也爱我。我不欠任何人的钱。我为什么不应当快活呢？"

"不要再说了。"国王说，"我羡慕你，你这顶落满灰尘的帽子比我这顶金冠更值钱。你的农场给你带来的快乐，要比我的王国给我带来的多。如果世界上的人都像你这样，生活将会变得多么美好啊！"

幸福和快乐的获得就是那么的简单，人若是看透了一个事实——物质只不过是浮云，就不会活得那么累。把一些正在追求的物质享受放到一边吧，对待得失成败，保持一颗平常心，才能摆脱得意时的狂妄自大和失意时的萎靡不振。拥有一颗平常心，快乐就能在祥和宁静的心境里筑巢栖息。

生活中难免有痛苦和失落，但是我们不能总是用悲观的心去对待生活，而应该在艰难中给自己一点希望，让自己坚强起来，再苦也要笑一笑。

钟爱东，百庙鱼塘的主人，被评为省"巾帼科技兴农带头人"。

从一名普通的下岗女工到身家千万的养殖大王，不惑之年的钟爱东仍然勤劳纯朴。事业几经起落，她说，横下一条心，没有过不去的坎儿。

1997年1月1日，钟爱东不能忘却的日子，这一天，本以为捧上"铁饭碗"的她下岗了。在这家工厂工作了近20年，还成了厂里的"一把手"，钟爱东把全部的心血、最好的青春年华，都给了工厂，甚至没有时间照顾年幼的孩子。"当时觉得，心里有什么东西被人硬掰了下来。"钟爱东说，那天，她哭了。

下岗后，她接到的第一个电话，是花都区妇联打来的。她说，就是这个电话，在最艰难的时候教会她"用笑容去迎接困难"。钟爱东在当厂长的时候就经常与周围的农民接触，知道养殖水产有赚头。看准这一点，她拿出了仅有的2000元"箱底钱"，又东奔西走借了些款，一咬牙承包了200亩低洼田。资金不够，就赚一分投入一分，滚动式周转。几年下来，天天"泡"鱼塘、搞技术，200亩低洼田变成了水产养殖地。钟爱东说，那时鱼塘就是她全部的生活了，她每天早上都要花一个小时绕池塘走上一圈。

钟爱东没想到，生活中的第二次打击来得这么快。1997年5月8日，是钟爱东伤心的一天。那一天，一场大洪水淹没了她刚刚兴旺的鱼塘。站在堤坝上，看着不断上涨的洪水一点点吞没了鱼塘，钟爱东绝望地回了家。"哪里跌倒就从哪里爬起来。"钟爱东说，这是当时丈夫说的唯一的话。倔强的她这次没有流泪，她开始带着工人挖塘、养苗，引进新技术、新鱼种，被洪水淹没的鱼塘一点点"回来"了。

钟爱东成了远近闻名的"鱼王"，鱼塘越做越大，还办起了企业。多年的艰难经营，让"养鱼为生"的钟爱东对技术情有独钟：一个没有创新、没有新产品的企业，就像脱水的鱼。

钟爱东有个温暖的四口之家，她说，在最困难的时候，家人的支持成了她的精神支柱。"当初好多次想到放弃，是他们帮我挺过了难关。"屡经磨难，钟爱东说最重要的是要学会如何看待失败，"下岗、失败都不用怕，路是自己走出来的，认定目标走下去，一定会成功。"

生活中总有许多不如意的事情。生命，有起有落，有悲有喜，起伏不定，但是太阳却依然光亮，月亮仍然美丽，星星依旧闪烁……一切仍旧是那么和谐，而生命依然会有着更美丽的色彩，亟待我们去开发，明天总是美好的，只要我们有心，只要我们在艰难中咬紧牙关，我们就能够在希望中盼来新一轮的朝阳。

逆境不是结局，而是过程

失败是成功之母，这是我们从小就知道的格言。可是，当你失败的时候，会发觉要坚持这信念还是很困难的。从失败的惨痛中走出来重整旗鼓并不是件容易的事情。有这个勇气固然很好，但是仅凭着勇气，并不能够轻易地就扭转局面，因为更为重要的是冷静客观地分析原因，汲取失败的教训。

如今，市场经济风云莫测，瞬息万变，竞争非常激烈，人们常常用"商场如战场"来形容这种没有硝烟的战争。世上没有常胜的将军，能够从失败中汲取教训的人往往能够得到人们的青睐。

一家公司正在招聘销售主管，前来应聘的人很多，经过层层淘汰，最终剩下3个年轻人角逐这个职位。当然，他们3个人是不知情的。最后一轮中，主考官分别告诉他们说："对不起，您在面试中没有达到我们的要求，所以您不能被录用。"这3个人听到后，都走出了这家公司。这时候，有个满头华发的老人过来问："你们3个人怎么看着都有心事，在想什么呢？"

一个年轻人非常懊恼地说："我今天很倒霉，应聘又被刷下来了。"

另一个人急急忙忙地说："我着急要去再找应聘信息呢，对不起，我要赶紧走了。"

第三个人则是若有所思地说："我在考虑他们为什么不录用我。我到底哪个环节表现不佳呢？"

这个老者哈哈大笑，指着第三个人说："年轻人，你被我们录用了。"这时，这 3 个年轻人才知道这个老者就是公司的董事长。

故事中，最后的面试问题就是看应聘者面对失败的表现。第一个是一味沉浸在失败的懊恼中；第二个对失败的原因不加分析、考虑，就盲目地再去求职；第三个人则是冷静地思考失败的原因，而这种应对失败的态度恰恰是这家公司非常看重的品质。

3 个人在经历了同样的失败后，对待失败的态度存在的差异，也就决定了他们今后面对困难、挑战的信心和智慧。一个意志坚强的人往往能够看得更远、站得更高，让自己的人生释放出夺目的光彩。

要善于让自己迎接挑战，只有在能够焕发斗志的环境中，你才能够激发奋斗的热情和动力，挖掘出蕴含在生命之中的潜力，开创出属于自己的一片广阔天地来。

一个小姑娘看到别人溜冰很潇洒，自己也想学，可是又害怕摔倒。在刚开始学的时候，她就小心翼翼、战战兢兢的，不敢迈出步子，只能扶着墙试探着往前走。但是，她还是摔倒了。她就痛恨自己还没有学会溜冰，就已经摔倒这么多次了。这时，教练轻盈地滑过来。看着教练优美的姿势，她很是羡慕，就讨教溜冰的秘诀。

教练告诉她，唯一的秘诀就是你每次摔倒后都要考虑这次失败的原因。如果用这种方法训练，你自己很快就能够学会了。小姑娘自然是将信将疑，但是她还是尝试着按照教练的方法去做。在一次次的摔倒中她都在思考原因，果然思考之后，发现动作的协调、步伐的掌握的确有了很大的进步。不到 50 下的时候，她已经行动自如了。当初学者再问她溜冰秘诀的时候，她也将教练的秘诀告诉给别人。

迎接失败的挑战过程固然艰辛，但是，正是这种过程，才能够让你痛定思痛。深刻地反思自己、审视自己，才能厚积薄发。你在经历了奋斗的过程后，会发现阳光总在风雨后，经历了风雨的洗礼后，挂在天空的彩虹才更加美丽。

我们要坚信我们现在的不如意、逆境、挫折乃至苦难都是你的财富。古今中外，凡成就大事业者，无一不是从苦难中走出来的。在逆境中，我们会经受各种考验与锤炼。百炼成钢，才能成就我们非凡的意志品质和能力。"苦其心志，劳其筋骨，饿其体肤，空乏其身，行拂乱其所为，所以动心忍性，增益其所不能。"逆境并不可怕，可怕的是你把它看成结局而不是过程。在这个过程中，我们去接受苦难并跨越它，那么等待我们的就是美好的将来。

.

困难有助于我们成就梦想

爱德华·菲舍尔在 1983 年 2 月的《圣母杂志》上发表了一篇文章，里面讲了一个斐济的麻风病人的故事。那个病人的双手已经扭曲，但他仍然成了一个国际闻名的艺术家。他说："我把我的病看成是上天赐予的礼物。如果不是因为它，我可能不会有今天的成就。"

一名名叫杰泽敏·威斯特的小女孩患了肺结核，她病得很厉害，然而在她短暂的生命中，她苦练写作技巧，创作出了大量的小说。

伟大的作家弗兰纳里·奥康纳身患多种疾病，25 岁的时候她患上狼疮，以致在她生命的最后 14 年里她都要拄着拐杖才能走路。她说："正是我的病使我不能参加很多活动，从而有更多的时间来写作。"

上面事例中的人告诉我们，一些人尽管残疾了还是一样可以获得成功。事实上，我们面临的困难有助于我们成就自己的梦想。遭受痛苦的人才能体会关爱的价值，苦苦奋斗的人才知道毅力的重要，常常跌倒的人才学会很快爬起来。各种各样的困难使我们能力增强，这是无忧无虑的生活无法给予我们的。

有个故事说，东方有一个村庄，几个世纪以来一直以漂亮的瓷器闻名于世。特别让人难忘的是那里出产的瓷瓮，高如桌、宽如椅，以质地坚固和图样漂亮而受全世界的人喜爱。传说当每一个这样的瓷瓮做好之后，都有最后一道工序：

工匠打烂它，然后又用金线银丝把它重新拼起来。直到这时，一个平平常常的瓷才正式变成价值无比的艺术品。

人也是这样。遇到艰难困厄、希望破灭和悲惨的事情来临，都会痛苦、绝望和心碎，但用耐心和关爱去修补，破碎的心就会变成精致的艺术品，只有破碎过的生命才会达到完美的境界。当你感到心碎的时候，记住你是一件艺术品，只有经过这次破碎之后用爱的金丝银钱拼接起来，才能表现得尽善尽美。

谢谢你曾嘲笑我

英国哲学家托马斯·布朗曾说过：当你嘲笑别人的缺陷时，却不知道这些缺陷也在你内心嘲笑着你自己。确实如此，我们留意一下周围就会发现，那些喜欢嘲笑别人缺点的人，往往一辈子一事无成；而那些被嘲笑的人，却常常会以顽强的生命力在痛苦的泥淖里开出夺目的人生之花。

影响全球华人的国学大师、耶鲁大学博士、台湾大学哲学系教授傅佩荣先生，在教学研究、写作、演讲、翻译等方面都做出了卓越的成就。他的"哲学与人生"课在台湾大学开设 17 年以来，每堂课都座无虚席。2009 年，他受央视邀请，在《百家讲坛》主讲《孟子的智慧》，得到众多学者、大师的认同。然而，就是这样一位成就卓著的学者和演讲家，却曾饱受嘲弄与歧视。

小学时的傅佩荣有些调皮，常学别人口吃，却不料这个恶作剧导致他自己不能流畅地表达。9 年的时间里，傅佩荣的口吃常常被人视为笑柄，这给他带来了极大的心理压力。虽然他经多年的努力终于克服了口吃，并成为众人敬仰的演说家，但是这段被人嘲笑的经历还是在他的人生中留下了难以磨灭的记忆。

一次，傅佩荣去赴一个访谈之约。那日，炎阳如火，但他仍坚持穿着笔挺的西服接受访谈。因场地未设麦克风，他就大声说话，甚至有些喊的意味。到后来，他的嗓子都哑了。众人深受感动，无不赞美傅佩荣为人谦逊，没有名人的架子。傅佩荣说："曾经口吃的痛苦经历令我对自己提出了两点要求：一是我终生都不会嘲笑别人，因为我被人嘲笑过，知道被嘲笑的滋味，这使我自身没有优越感。二是我非常珍惜每一次说话的机会，因为我曾经不能流畅地说话，所以现在当有机会表达时，我会非常珍惜。"

同样因为口吃受尽了嘲笑与讥讽的拜登，不仅被别人起了很多难听的外号，而且还被老师拒绝他参加学校早晨的自我介绍活动。他难过得落泪，觉得自己就像被戴了高帽子站在墙角受罚一样。悲痛往往催生动力，拜登决心一定要摘除这个命运强加给他的"紧箍咒"。他以极大的毅力坚持每天对着镜子朗诵大段大段的文章。经过多年的努力，他不但成功摘除了这个"紧箍咒"，而且也为他日后成为一名优秀的演说家和领导者奠定了坚实的口才基础。

无疑，被人嘲笑是无比痛苦的，那些刺耳的嘲笑、鄙视的眼神，像一把把尖利的刀，深深扎进你我的心里。然而面对这把刀，傅佩荣和拜登都毫无例外地选择了奋起。"没有任何人规定我只能有这样的际遇，既然这样，那我为什么不改变它呢？"其实那些嘲笑、讥讽甚至侮辱，都无须拔出，就让它们插在你的心上吧。你只需强忍痛苦，艰难跋涉。当你跋涉到更高的地方的时候，你的热血自然会变成一股烈焰，熔化那些尖刀。而曾经嘲笑你的人，早已渺小得被你的视野无视，甚至匍匐在你的视野之外。

命运的泥淖之上，生命灿烂如花

一个人，造物主将他制造得堪称完美，可是他的出生就是个错误。

他的母亲天生丽质，从小进戏班子学戏，声线、身段无不出众。后来，戏班子倒了，他的母亲被京城大户人家收留。老爷是民国外交官，太太十分喜欢她，送她去洋学堂读书，带着她参加各种外交活动。

他的母亲就这样认识了一位风流倜傥的欧洲大使，那人对这个聪明美丽的中国少女穷追不舍，终于成了他从未谋面的父亲。他尚未出生，大使就回自己的国度了，因为大使有妻有子，有自己的一个大家庭。

怀有身孕的母亲无奈地嫁人，而他的出生被家族视为不祥。于是他很小就离家出走，9岁就登上了上海滩的大舞台，电影、话剧、戏曲，什么都能演。20世纪三四十年代，他是年龄最小的拥有经纪人的小演员。他的粉丝，男男女女，等在后台为他献花；他的剧照，挂在上海最有名的照相馆门口，一直挂到20世纪50年代初。

要不是那么优秀，他也许不会遭遇那么大的厄运。

刚刚解放，他就参军，进了部队文工团。他太出众了，以至团领导要重点培养他，重点培养者需上报备案，调查来历，于是他的身世曝光，厄运就此开始了。

他以莫名其妙的罪名坐了牢，刑满后不能回城市，继续成为劳改农场的工人。等终于可以离开时，已经年逾半百。

出狱后，因为没有朋友，狱中难友收留了他，落脚在一个小县城。

自此没有恋爱，没有结婚，没有家的老人开始了自己的生活。

是什么让我们知道了他，一个历尽磨难的八旬老人？

早些日子一些年轻人在网上相约自杀，是他身披"马甲"，像"余则成"那样潜伏其中，将30多个意欲轻生的年轻人解救出来，一时成为媒体关注的焦点。于是我们知道：

原来他早就在网上开了励志博客，他的经历和处世姿态受到年轻人的钦佩和追捧。博客给他的感觉，也像站在舞台中央，灯光亮起来，他精神抖擞。

原来他在小县城热心英语教学，把所带班级的成绩带上一个档次，走在路上所有人都喊他老师。

原来他从未离开演艺事业，从未离开舞台，在小县城是，在农场的 30 多年也是，集导演、编剧、作曲、器乐、演员、舞美、场记……于一身。

他生命的起始就是戏剧性的，他的一生当中，苦难的戏份太多，但无论什么苦难都无法掩饰他的光芒。

所以，我们要坚信命运的泥淖之上，生命灿烂如花。

把磨难当作人生的礼物

很不幸，他是个先天"脆骨症"患者，俗称"玻璃娃娃"，连打个喷嚏都会震碎肋骨。他诞生时每根骨头都被出生时的压力给"碾碎"了，四肢软塌塌地耷拉着，像一个被拆散了架的布娃娃。护士小姐们干脆给他起了个外号"图坦卡蒙"—— 一个埃及法老木乃伊的名字。

三四岁时，他才能坐立。但他的骨骼密度很低，完全无法支撑身体直立时带来的压力，加之腿骨严重、持久性地扭曲，这辈子他都无法行走了。更不幸的是，他身高长到大约 1 米时就到了生长极限。到了上学的年龄，他一刻也不能和轮椅分离，只有晚上，才能躺在卧室的地板上放松一下早已疲惫不堪的躯体。随着年龄的增长，骨折发生的频率也越来越高，这让他不得不经常辍学，在家养病。对他来说，身体上的疼痛倒不那么难受，最难以忍受的是精神上的孤独，童年时期的他尝尽了孤独的滋味。

小学四年级的那个万圣节，所有的孩子都戴上狰狞的面具出门搞恶作剧，尽情玩耍。他躺在地板上，也开心地慢慢打起滚儿来。就在他忘乎所以之际，左腿突然卡在了门框和墙角之间，接着，他听到了一声清脆的"咔嚓"声，紧接着是撕心裂肺的疼痛，这疼痛让他痛不欲生。由于他病情特殊，一旦意外发生骨折，就必须严格保证身体被固定在事发地点，然后一动不动地保持受伤时的姿势达6个星期，让骨骼慢慢地自动愈合。在此期间，吃喝拉撒睡都只能就地解决。他快被逼疯了："为什么？我究竟做错了什么？"

"孩子，你愿意把这种磨难当作人生的礼物还是重担？"母亲看着他，声音不大，但坚定而有力。

这句话给了他极大的震撼和鼓舞，猛然打开了他黑暗人生中的一扇窗，智慧的灵感犹如明媚的阳光充满了他的内心，让他不再愤怒，不再抱怨。

随后，妈妈又告诉他："你要记住，痛苦是所有人都无法避免的，它早晚会降临到每个人身上，但是，我们面对痛苦的态度却是可以选择的。"从此，他学会了永不放弃，那种时常萦绕心头的绝望和无奈，早已烟消云散。

读高中时，学校的广播站和电视台成了他发挥想象力的重要场所。高中4年里他制作过各种广播节目，包括脱口秀、约会秀和时事评论等。他还制作过一个校内电视连续剧，在镇上的有线电视台播出时吸引了不少粉丝。后来，这部连续剧被选中参加哥伦比亚大学视频作品大赛，获得了剧情类作品银奖。

高中期间他还担任了学生会副主席。作为全美男生会成员，他有幸随队在白宫和克林顿总统会谈，最后，克林顿总统还邀请他们全家到联合中心体育馆的总统包厢，参加当晚举行的民主党全国大会。靠着永不放弃的信念，他顺利毕业于芝加哥大学。在毕业典礼上，他的名字响起的那一刻，拥挤的礼堂里顿时响起了经久不息的欢呼声。主席台上，坐在轮椅上的他，高举着自己的毕业证书，兴奋无比。

他的生活经历让人敬佩不已。从高中到大学，有很多公司、学校和教堂都慕名邀请他去做演讲，但当时他并没有考虑过把这作为一个正式工作来做。有一天，爸爸对他说："儿子，如果你想改变世界，完全可以试试做个职业演说家。很多人都喜欢听你的故事，他们都很敬佩你，你也可以像安东尼·罗宾斯那样成为能够影响全世界的人。"这番话一下子点亮了他的信念。的确，做一个职业演说家不是也能让自己实现改变他人的目的吗？于是，他开始四处演讲，苦练自己的表达能力。

为了应对演讲中人们提出的各类棘手问题，他重返校园，学习心理治疗和神经语言程式，并获得了专业证书，后来又报考了大学临床催眠专业的博士。与此同时，他还办了一家私人心理治疗诊所，一边学习一边进行实践，终于使他成了心理治疗师和国际知名演说家。他曾到过美国的47个州，还到世界各地巡回演讲，以自身奋斗的经历鼓舞成千上万的听众。激励大师安东尼·罗宾斯、美国前总统比尔·克林顿，都被他对生命的热情所感动。

他就是美国的西恩·史蒂芬森。他的著作《拒绝失败的人生》畅销世界。

是的，人活一世总会遇到挫折、疾病和痛苦，但只要我们意志如钢，百折不挠，把磨难当作礼物，就能走出窘境，创造有声有色、五彩缤纷的人生，活出最真实的自我。

幸福和成功都必须往土里砸

亦舒说："美则美也，没有灵魂。"她这里说的没有灵魂的美女是那种顶级花瓶大美女。然而这里有另外一种女人，她们长得很干净，虽然没有攻击性和侵略性，内心却无比的坚韧，比如海清。在女演员竞相争妍的演艺圈里，海清不算是漂亮的，只有一双含水的写满故事的大眼睛。因为是厚积薄发，所以海清更多了些待人去发掘的内容。

"有些人能清楚地听见自己心灵的声音，并按这个声音生活，这样的人不是疯了，就是成了传说。"海清说自己当然不是疯子，也没有成为传说，但这句话确实是自己从影之路的最好写照。海清说自己走上演艺的道路并不顺利，要不是她的一路坚持，要不是她坚持内心的声音，绝对没有如今的成绩。

从《双面胶》里的说着一口娇嗲上海普通话的小媳妇"丽娟"，到《王贵与安娜》里有点小资、有点矫情的"安娜"，再到《蜗居》里踌躇满志的房奴"海萍"，每一个人物都饱受争议，每一部戏都能抓住观众的眼球，从这个角度来说，海清是当之无愧的事业成功人士。所以经常有人包括很多粉丝会向她讨教成功的秘诀，海清觉得只有一个答案，那就是"倾听自己的声音"。

19岁那年，海清做了人生最重要的一次决定："我当时挺想上大学的，那时候不像现在，我这样的中专生是没有资格考大学的。同时，我也挺喜欢表演，唯一能够满足我这个要求的就是上艺术学校，那么就只有北影、中戏。"

人在年轻时候最有理想，不会去考虑后路，也不会问自己这样的问题：考不上怎么办？而且父母还坚决反对："你这样的考电影学院？人家长那么漂亮，会那么多东西，还有关系……"林林总总的反对理由一大堆，总之就是认定了不行，但海清还是坚持倾听了自己的声音，结果也考上了。从影之后，因为觉得这条路好难，也想到过改行。但是因为喜欢，所以还是选择坚持，才一路走到今天。

曾经有粉丝在她的微博上留言，向她倾吐内心的困惑："清姐，我觉得这个社会好现实，去年研究生毕业，找了大半年才找了份半死不活的工作，而原先班上好多不如我的同学凭借各种各样的关系都比我好……"海清的回复是："很多人都有你这样的经历，包括我。把它看成是生活对你的磨炼吧，因为上天要你更坚强，要你更勇敢。"其实这不仅仅是海清对粉丝的劝解，也是她对自己的鼓励。

海清说自己曾经吃过不少苦，但自己是勇敢的。面对演艺圈林林总总的美女，海清坦言："我长得不漂亮，到现在也不是美女。说实话，我曾经很自卑，也觉得自己不够聪明，我就是一个很普通的女孩。但我骨子里又有不服输的一面。"

海清的成功，以及海清的话告诉我们，要想获得成功就要有不服输的勇气，要经受得住磨难，这样才能获得幸福和成功。

苦难就是营养，压力就是动力

有一个青年，出生于贫寒农家，侍弄过庄稼，做过木匠，干过泥瓦工，收过破烂儿，卖过煤球，曾经感情受挫，官司缠身。他独自闯荡，居无定所，四处漂泊，总遭受别人鄙夷的眼光。与众不同的是，他热爱文学，写下了许多清澈纯净的诗歌。曾经有知情者疑惑，这样清澈的文字居然出自一个痛苦挣扎在生活边缘的人笔下。对此，他解释道："我是在农村长大的，农村人家家都储粪。小时候，每当碰到别人往地里运粪时，我总觉得很奇怪，这么臭、这么脏的东西，怎么就能使庄稼长得更壮实呢？后来，经历了这么多事，我都发现自己并没有学坏，也没有堕落，甚至连麻木也没有，就完全明白了粪和庄稼的关系。粪便是脏臭的，如果你把它一直储在粪池里，它就会一直脏臭下去，但是一旦它遇到土地，情况就不一样了，它和深厚的土地结合，就成了一种有益的肥料。对于一个人，苦难也是这样，如果把苦难只视为苦难，那它真的就是苦难，但是如果你让它与你未来世界里最广阔的那片土地去结合，它就会变成一种宝贵的营养，让你在苦难中如凤凰涅　，体会到特别的甘甜和美好。"

苦难是人生的营养，应该感谢苦难，因为他们是幸福的使者。

在一次中国大陆、台湾两岸十大杰出青年的座谈会上，人们的发言都挺精彩，但大多冗长。该他上台时，已过了预定的会议结束时间，于是主持人宣布让他讲3分钟。

他的开场白是"日本有个阿信，台湾有个阿进，阿进就是我"。接着，他给大家讲了自己的故事。

他的父亲是个瞎子，母亲也是个瞎子且弱智，除了姐姐和他，几个弟弟妹妹也都是瞎子。瞎眼的父亲和母亲只能当乞丐，住的是乱坟岗里的墓穴，他一生下来就和死人的白骨相伴，能走路了就和父母一起去乞讨。他9岁的时候，有人对他父亲说，你该让儿子去读书，要不他长大了还是要当乞丐。

父亲就送他去读书。上学第一天，老师看他脏得不成样子，给他洗了澡。为了供他读书，才13岁的姐姐就到青楼去卖身。照顾瞎眼父母和弟妹的重担落到了他小小的肩上——他从不缺一天课，每天一放学就去讨饭，讨饭回来就跪着喂父母。瞎且弱智的母亲每次来月经，甚至都是他给换草纸。后来，他上了一所中专学校，竟然获得了一个女同学的爱情。但未来的丈母娘却说"天底下找不出他家那样的一窝窝人"，把女儿锁在家里，用扁担把他打出了门……

故事讲到这里就停了，他说，由于时间的关系，今天就到此为止。这时，他提高了声音："但是，我要说，我对生活充满感恩的心情。我感谢我的父母，他们虽然瞎，但他们给了我生命，至今我都还是跪着给他们喂饭；我还感谢苦难的命运，是苦难给了我磨炼，给了我这样一份与众不同的人生；我也感谢我的丈母娘，是她用扁担打我，让我知道要想得到爱情，我必须奋斗、必须有出息……"

他就是中国台湾第37届十大杰出青年，一家专门生产消防器材的大公司的厂长——赖东进。

可见，经历了苦难与厄运，才能懂得它们的美好与可爱。若你遭遇了种种磨难，也请微笑着道声感谢吧。

在生活中，不少人畏惧压力、逃避压力。其实，压力也是一种动力。俗谚说"人无压力轻飘飘""人无压力不成材"。正视压力，与压力共处，正是强者的选择。

压力如苦胆，但勾践卧薪尝胆，终率三千越甲吞吴，俘获了终日与西施畅游后宫的夫差；宫刑的压力如山，但司马迁并未逃避或自绝于世，贫病之中，他完成了辉煌巨著《史记》。

压力在前，怨天尤人，绕道而行，你的人生境界将似井底之蛙。负重之下，变压力为动力，逆流而上，幸福将不期而至。

据生物学家说，在鸟类中，寿命最长的是老鹰，它的年龄可达70岁。但是如果想活那么长的寿命的话，就必须在它40岁的时候做出困难而重要的抉择。

活到40岁时，老鹰的爪子开始老化，不能够牢牢地抓住猎物，并且它的喙会变得又长又弯，几乎能够碰到胸膛；同时，它的翅膀也会变得十分沉重，使它在飞翔的时候非常吃力。在这个阶段，它只有两种选择：要么就是等死；要么就要经历在它一生之中十分痛苦的过程来蜕变和更新，才能够继续活下去。

过程漫长无比，它需要 150 天的漫长锤炼，而且必须很努力地飞到山顶，在悬崖的顶端筑巢，然后停留在那里不能飞翔。

它要先用喙不断击打岩石，直到旧喙完全脱落，然后经过一个较漫长的过程，静静地等候新的喙长出来；之后，还要经历更为痛苦的过程——用新长出的喙把旧指甲一根一根拔出来；当新的指甲长出来后，老鹰再把旧的羽毛一根一根地拔掉，等 150 天后长出新羽毛；这时候，老鹰才能开始重新飞翔，从此得以再过 30 年的岁月。

同鹰一般，璞玉只有经过粗粝环境的雕琢，才能闪烁高贵的光芒；河蚌只有历经沙砾的顽固折磨，才能孕育出华美的珍珠。人的生命亦是如此。怯于磨砺，生命将平庸而无奇。